新雅
名著館

苦海孤雛

原著　查理・狄更斯〔英〕

撮寫　周樂

新雅文化事業有限公司
www.sunya.com.hk

文學名著，具有永久的魅力。一代又一代的讀者，曾從中吸取智慧和勇氣。

　　面對未來競爭性很強的社會，少年兒童需要作好準備，從素質的培養、性格的塑造、心理承受力的加強、思維方式的形成、智力的開發，以及鍛煉堅強的意志，都是重要的課題。家庭教育的單調、學校教育的局限、社會教育的不足，使孩子們面對許多新問題感到困惑。而文學名著向小讀者展現豐富的世界，通過書中具體的形象、曲折的情節，學會觀察人、人與人的關係，和錯綜複雜的社會矛盾。可以説，文學名著是人生的教科書，它像顯微鏡一樣，照出人的內心世界和感覺。通過書中人物的命運，了解社會，體會人生，不知不覺地得到啟迪心靈的鑰匙。而名著中文學的美，語言的美，更是滋潤心田的清泉。

　　然而，對於年紀尚小的讀者來説，這些作品原著的篇幅有些長，這套縮寫本既保留了原著的精髓，又符合小讀者的能力和程度，是給孩子開啟文學大門的最佳選擇。

著名兒童文學作家
冰心獎評委會副主席　　葛翠琳

故事導讀

　　《**苦海孤雛**》敍述了一個由於不滿足現狀、因而抱有不切實際幻想的窮苦孩子，是怎樣在上流社會中被愚弄和蒙騙，最後終於醒悟的故事。在閱讀時，我們首先要了解書中的人物。如：小浦和艾絲黛娜，他們都是被所謂的「高貴的上等人」影響了思想，背叛了自己階層的窮苦出身的青年，他們被「上等人」利用，而最終也沒有被上流社會所接受。喬和畢蒂，儘管某些舉止看來是粗俗和可笑的，但他們善良，富有自我犧牲和樂於助人的精神，這正是平民百姓本身的優秀品質。

　　駱威斯也有他真誠的一面，他之所以犯罪，是不平等的社會制度所造成的悲劇；相比之下，郝薇香為了個人的恩怨而遷怒整個社會，不惜犧牲他人來進行報復，則是十分自私的行為。

　　我們應該認識到做人要腳踏實地，不能抱有任何脫離現實的幻想，更不能埋沒良心，在金錢、物質和地位的誘惑下，喪失本性和理智。否則，就會鑄成大錯，斷送掉自己真正的幸福，並且陷入眾叛親離的絕境。

～目錄～

第一章
墓地裏的遭遇

我名叫菲力浦，人們都叫我做小浦。

我的家鄉是一片沼澤地，離海有二十英里之遙。我的爸爸媽媽早死了，埋葬在教堂後面的公墓裏。

在這個寒冬季節的一天裏，我來到了荒涼的墓地，望着父母的墳頭，想着他們，禁不住悲痛地抽泣起來。

突然，從墓地裏跳出一個人，向我惡狠狠地吆喝道：「小鬼，不許作聲，不然我就掐斷你的脖子！」

這個人的樣子真是可怕極了，一身灰布衣服，頭上裹着一塊破布，腳上拴着一副**鐵鐐**①，全身拖泥帶水，皮肉還給荊棘劃得傷痕累累，

> **知識泉**
>
> 沼澤地：由於地勢低平、排水不良、蒸發量小於降水量等原因，形成了地面過於潮濕，其上長有蘆葦、莎草等濕生植被，並有泥炭積累的地方就叫沼澤地。最表面的是厚厚一層腐泥，下一層是泥炭和草渣，再下一層是黏度緊密的泥漿。當人踩上去比較鬆軟舒服，但有的地方若踩上去，整個人就會慢慢地陷進裏面而不能自拔。

走起路來一瘸一拐的。

　　我嚇得連忙求他饒命。他向我咆哮了起來：「你叫什麼名字，快說！」

　　「我叫小浦，大叔。」

　　「你住在哪裏？」

---

① **鐵鐐**：又稱鐐銬，是用來束縛犯人、防止犯人逃跑的刑具。用來拴住雙手的叫手銬，拴住雙腳的叫腳鐐。

　　我把我住的村莊指給他看。他粗魯地把我抱在一塊墓碑上，然後頭朝地腳朝天的翻了過來，我口袋裏唯一的東西——一塊麵包便掉在了地上，他一把抓起就狼吞虎咽起來。

　　他吃完了麵包，舔了舔嘴唇後，又問：「你爹娘在哪裏？」

　　「就在那裏，大叔。」我指着墓碑説。

　　「那你跟誰一起過日子？」

　　「我姐姐。她就是**鐵匠**[①]喬的老婆。」

　　「鐵匠？」他低下頭看看自己的腳，然後雙手一下子按住我的兩個肩膀，用力把我的身體往下壓，並咆哮道：「你知道什麼叫銼子嗎？」

　　「知道，大叔。」

　　「你知道什麼叫吃的嗎？」他又是用力的一按。

　　「知道，大叔。」

[①] **鐵匠**：製造和修理鐵器的工人。是重體力的工作，一般由男性擔當。

他猛地把我一推，讓我一個倒栽蔥滾下地來。他恐嚇着說：「聽着！明天一早你就要把銼子和吃的都送到炮台交給我。對誰也不能洩漏一點風聲，否則我會挖出你的心肝來烤熟了吃。

你別以為我只是一個人，我還有一個伙伴藏在附近。比起他來，我算是很仁慈的了。我這個伙伴會施法術，專抓小孩挖他們的心肝來吃，哪怕你鎖上門，躲進被窩裏，他也能悄悄地爬上你的牀，扒開你的胸膛！你怕不怕？」

我戰戰兢兢說我一定把銼子拿來，但吃的就不一定是很好吃的東西了。

「你可要發誓，做不到就讓天雷劈死你！」他說。

我照他的話發了誓，他才把我放走。我急忙拔腿就跑，跌跌撞撞跑回家去了。

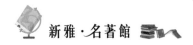

第二章
姐姐和喬

　　姐姐比我大二十多歲，我是由她一手拉扯大的。這話她不但常常掛在嘴邊，連街坊鄰居都這樣稱讚她。那時，我還不明白「一手」是什麼意思，只看到姐姐的手又粗又大，不是「啪」的一聲落在她丈夫的身上，就是落在我的身上。我就想，我和喬都是她一手打大的。

　　她的樣子也並不好看，眼睛烏黑，皮膚赤紅，身高骨頭大，一條圍裙永不離身；而喬卻是皮膚白皙，黃頭髮，藍眼睛，心地善良，性情溫和。喬會娶上她，我想，這也一定是她「一手」造成的傑作吧！

　　我回家時，姐姐不在，打鐵舖也早已關門了。喬一個人坐在廚房裏。他一看見我，馬上就給我通風報信：「你姐姐找你有二十次了！」

　　「真的？」

　　「誰騙你，還連那根抓癢棍也帶了去呢！」

這消息真使我魂飛魄散！因為那根抓癢棍，就是專門用來對付我的。

我急忙問他：「她出去多久了？」

而這時喬卻大叫了起來：「啊，她回來了！快躲到門後面吧！」

我姐姐氣沖沖地把門一推，發覺有什麼東西在擋着，一關門便看見了我，她馬上舉起了抓癢棍，喬連忙走上前用身體護着我。

姐姐跺着腳，惡狠狠地說：「你這個小畜牲上哪裏去了？快快招來！若果我真的動起手來，那怕你變成五十個小浦、他變成五百個喬，也休想擋住我！」

「我不過是到公墓那邊去走走罷了。」我哭着說。

「到公墓走走，真好！要不是我，你也早進公墓了！是誰把你一手拉扯大的？」

「是你。」我連忙回答。

「你知道就好，以後我再也不幹這種蠢事了！嫁

知識泉

抓癢棍：俗稱「不求人」。用木頭或竹子製成，約一尺長，上端彎成倒勾的形狀，主要用作抓撓人身體背後用手夠不着的痕癢處。

給喬這樣一個鐵匠已夠倒霉的了，偏偏還要給你當老娘！」

她再罵什麼我一句都聽不清楚了。我的腦子裏只記得那個拴着腳鐐的漢子和他說的那個伙伴，只記得我發過誓要偷東西給他。

這天恰好是聖誕節前夕，我得給家裏攪拌明天吃的布甸。當我正在忙的時候，外面傳來一聲炮響。

喬說：「昨天他們通知大家一個犯人逃跑了。現在又開炮，恐怕又有一個犯人逃跑了。」

「誰在開炮？」我問。

姐姐瞪了我一眼，說：「真討厭，又要打破沙鍋問到底！」

可我還是堅持着問道：「姐姐，請別見怪。究竟是哪裏放炮？」

「上帝保佑這孩子吧！是水牢在放炮，那怎麼樣？」姐姐大聲嚷道。看她的樣子，彷彿不是叫上帝保佑我，而是叫上帝懲罰我。

知識泉

聖誕節：基督教徒紀念耶穌基督誕生的節日。現在已成為西方的傳統節日。為慶祝這一節日，人們將松樹、柏樹、樅樹等樹木運回家，在上面掛上彩燈、玩具等，裝飾成聖誕樹。

可我還是禁不住問：「再請問，水牢又是什麼東西？」

姐姐指着我直搖頭：「瞧這個人，你回答他一個問題，他就問你十個了。水牢就是關犯人的船，停在沼澤地對面。」

「那麼水牢裏關的是什麼犯人，為什麼要關他們呢？」我又問。

姐姐再也無法忍受了，她霍地站起來，說：「你這個小鬼，我一手把你拉扯大，可不是要你來煩死人的。關進水牢裏的都是殺人犯、搶劫犯和做種種壞事的人。這些人從小就亂說亂問，長大後就一步一步走上邪路了。你還不快給我滾到樓上去睡覺！」

姐姐一面說，一面用頂針敲着我的腦門。因此，我上牀時腦袋特別痛，尤其是想到姐姐最後那幾句話，覺得水牢就在旁邊等着我——我現在從亂說亂問開始，逐步走上邪路——下一步不就是要偷姐姐的東西了嗎？

我不敢睡着，一等到天快亮時就溜進廚房。因為

知識泉

頂針：縫紉時，套在手指頭上以保護指頭的用具，有的是套在手指中間的一節上。

知識泉

白蘭地酒：用葡萄、蘋果等水果的汁釀成的酒。含酒精度較高，除作為飲料外，在醫藥上也可作興奮劑。

是節日，裏面的食物特別多，我顧不上挑揀，就隨手拿了幾個麵包、半罐碎肉、一大塊餡餅，又從酒壜裏倒出一些白蘭地酒，再到打鐵舖拿了一把銼子，然後輕輕關上門，就直奔那大霧迷茫的沼澤地去了。

第三章
～ 兩個囚犯 ～

我跑到沼澤地時，一切景物都給濃霧包圍着，我心裏慌了起來，竟迷路了，一直跑到河邊，在一個土墩上，我發現那個漢子正背對着我，坐在那裏打瞌睡。

我想讓他驚喜一下，就悄悄地跑到他身後，拍拍他的肩膀。他一躍而起，可並不是昨天那個人。

不過，他也是穿着粗布灰衣服，也戴着腳鐐。他一見我就揮拳打來，卻打不中我，反而摔了一跤，他隨即爬起來，一瘸一拐地逃進迷霧深處，很快就不見蹤影了。

我急忙朝炮台那邊走去，昨晚遇見的那個人正坐在一塊墓碑上，他一見到我便問道：「東西都帶來了嗎？」

　　我連忙把吃的東西遞過去，他一把抓起就大嚼起來。看他快要把東西都吃光了，我才小心地問：「您不留一點給他嗎？」

　　他說：「留給誰？」

　　「你那個伙伴呀！」

　　「他呀？得了，他不吃東西的。」他的語氣裏好像帶點笑聲。

　　「我看他的樣子可想吃呢！」我說。

　　他立即用銳利的目光看着我，緊張地問：「你看見他，什麼時候？」

　　「剛才。他在打瞌睡，我還以為是您呢！」

　　「這人身上有沒有什麼特別的地方？」他着急地問道。

　　「他臉上有一塊傷疤。」我說。

　　他啪的一巴掌打在自己的左臉上，大聲地問：「是在這一邊嗎？」

　　「是的。」

　　他立即把肉餡餅往衣袋裏一塞，說：「快指給我看他在哪裏，我上天入地也要把他找到！這該死的腳

鐐弄得我多痛，快把銼子給我，孩子！」

　　我把那地方指給他看，又把銼子遞給他。他就一屁股坐到濕淋淋的地上，發瘋似地使勁銼那腳鐐，搞得腿上鮮血淋漓。我不禁又害怕起來，説聲再見就離開了。

　　我從沼澤地跑回家後，心驚膽戰，滿以為已有警察在等着逮捕我，可家裏一點動靜也沒有，連失竊的事都沒被發覺，姐姐為準備歡度聖誕節忙個不停。

　　姐姐請來了幾位客人吃午飯，一個是教堂的辦事員，一個是喬的舅舅潘波趣，他是鎮上的糧商；還有車匠胡波夫婦。

　　由於擔心偷竊的事被發覺，我顯得憂心忡忡，而這幾個客人，卻一邊吃着一邊拿我開心，以我做話題來**挖苦**①我，並從而這樣來讚揚姐姐，我心裏就更難受啦。整桌子的人中，只有喬沒説話，他只是不時地夾菜給我。

　　聽着客人們的讚揚聲，姐姐得意極了，她站起來

---

① **挖苦**：用尖酸刻薄的話譏笑人。

説：「我做了一個豬肉餡餅，讓大家嚐嚐，那是十分可口的。」

天啊，一切都要敗露了！我非逃跑不可！我一躍而起，就向門外跑去。誰知剛跑到門口，迎面就撞上了一隊持槍的警察，有一個還拿着一副手銬，直衝着我説：「可找到了！快，跟我來！」

這時姐姐剛從廚房出來，只見她邊走邊喊：「天啊，我的餡餅怎麼沒啦！」一看見這些警察，她嚇得馬上收了口。

我更是嚇得魂飛魄散，因為那個拿着手銬的警官，他的一雙手正搭在我的肩上！

可是那警官卻很有禮貌地説：「女士們，先生們，對不起，剛才我對這聰明的小伙子説過，我們是來追捕兩個逃犯的，這副手銬出了毛病，要找鐵匠修理一下。」其實剛才他什麼也沒有對我説。

我的心這才放了下來。

喬檢查了一下，説：「看來要兩個鐘頭才能修好。」

「那還來得及，我們奉命在天黑前動手的。」那

警官説：「反正他們是逃不出這沼澤地的。諸位有誰見過他們沒有？」

大家都説沒見過，我卻沒吭聲。

等喬把手銬修好後，天快黑了。喬大膽地建議我們跟着去看追捕的結果，這一次，姐姐大大開恩，同意了。不過，我卻暗暗擔心起來，假如他們把我幫助過的那個逃犯抓住了，那個逃犯會不會誤以為是我出賣了他呢？

我們一直向着古炮台前進。突然間，風雨中傳來了一聲呼喊，一聲接着一聲，警察們馬上朝着發出呼喊的地方撲去。喊聲越來越近，也越來越清楚，這時，一個聲音大叫着：「殺人啦！」另一個聲音又喊道：「抓逃犯，快來抓逃犯啊！」

原來那兩個囚犯正在水溝裏扭打成一團。警察把他倆拉了上來，只見兩人滿臉都是鮮血。這時我幫助過的那個囚犯大嚷大叫着：「請你們注意，是我把他逮住交給你們的。」

而另一個囚犯的整個臉都給抓破了，有氣無力地説：「警察先生，是他想殺死我！」

我幫助過的那囚犯鄙夷地反駁說：「我要殺死他？我連腳鐐都沒有，隨時可以逃跑，要殺他也隨時都可以！但我偏要把這個上等人抓回來，押回水牢去。」

當警察給他們上手銬和腳鐐時，他們還彼此罵不絕口。這時天已全黑了，警察點亮了火把，在火光中我和我幫助過的那個囚犯的目光接觸了，我連忙向他輕輕擺手和搖頭，表示我沒有出賣他，

但他卻一點表示也沒有。

　　警察押着這兩個囚犯，進了岸邊的一所木屋。在木屋裏，已生了一爐火，警察們和囚犯都坐了下來。

　　這時，我幫助過的那個囚犯對那警官説：「有一件事我得説清楚，免得連累別人。我在村子裏拿了一家人的食物，還有一瓶酒和一個豬肉餡餅。那家是一個鐵匠。」

　　警官問喬：「鐵匠，那是你家嗎？」

　　喬説：「是的，我老婆剛好不見了個餡餅。小浦，對吧？」

　　「吃了你的餡餅，真抱歉。」那囚犯誠懇地直望着喬説。

　　喬連忙回答説：「哪裏話！請隨便吧。我不知道你犯了什麼過錯，可總不能讓你活活餓死呀，可憐的、不幸的兄弟！小浦，對嗎？」

　　那人的喉頭裏像卡住了什麼東西似的，咯咯直響，只見他大大地咳了一下，就轉過身去了。

　　不久，警察們把兩個囚犯押上了小船，向河中心的水牢船划去，我和喬也回家了，一場風險也就這樣過去了。

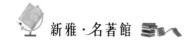

第四章
喬是個大好人

我沒受過多少教育，我們村子裏只有伍賽甫先生的姑奶奶辦了一間學校，學生每星期交給她兩便士的學費，伍賽甫先生在那裏高聲讀祈禱書，還讀那些莫名其妙的名家詩句，每一個季度要「考查」學生一次，學生這就算讀書了。

在這學校的樓下，那位姑奶奶開了一間雜貨店，由一個叫畢蒂的小姑娘管着。她也像我一樣，是個由別人一手帶大的窮孤兒。不過，既然她能夠認識所有貨物的名稱，那麼，我向她學習，便比聽祈禱和讀莫名其妙的詩句要好得多。在畢蒂的幫助下，我好不容易才學會了字母、單詞，又學會了算數。

一天，姐姐陪潘波趣舅舅去鎮上買東西，我在

火爐①旁，用石板寫了一封信給喬：

> 喬：

>> 祝你生（身）體好！等我做了你的土（徒）弟，那我該多麼開心啊！請相信我的珍（真）心！

>>> 浦

喬就坐在我對面，我把信交給他。喬不勝羨慕地看着我，說：「你真是一個了不起的學者。」

我看着那些七倒八歪的字，不好意思地說：「哦，希望將來如此吧！」

喬還是非常羨慕地看着那石板，說：「我認得，這是J，還是O，加起來就是喬了。哎，其餘的你給我唸下去吧。」

我問：「喬，你喜歡讀書嗎？」

喬說：「那還用問！要是我能坐在火爐前讀書也好，寫字也好，看報也好，我寧願什麼都不要了。」

「那麼，你從前為什麼不讀書呢？」

---

① **火爐**：是用來做飯、燒水、取暖和打鐵冶煉的器具。

喬拿起撥火棍，滿腹心事地撥弄着火，説：「説來話長啦，我爸爸是個酒鬼，是個從不打鐵的鐵匠，喝醉了就拿我和媽媽當鐵打。媽媽帶我逃走了好幾次，可偏偏爸爸每次都設法找到我們回家，等我們回了家，他又天天捶打我們。唉，這樣我就讀不成書啦！父母死後，我一個人流浪到這裏，孤孤單單的，就在這時遇上你姐姐啦。」喬説到這裏，很認真地説：「小浦，不管別人怎麼説，你姐姐是個長得很好看的人呀！」

「你這樣想真叫我高興。」我只好説。

「是的，我也高興啊！她皮膚紅一些，身上這裏多幾根骨頭，那裏少幾根骨頭，這對我有什麼關係呢？」

我也俏皮地説：「如果對你沒關係，那又對誰有關係呢！」

知識泉

撥火棍：較長的木棍或鐵棍，用作攪撥火爐裏正在燃燒的煤或木頭，使之燃燒得更加完全、爐火更旺、溫度更高。

打鐵：鐵匠製造或修理鐵器工具時，用爐火把鐵燒紅變軟，然後通過錘打來改變鐵器的形狀；或將鐵塊通過高溫融化成鐵水，然後注入鐵模裏，待其冷卻後就成了各種形狀的鐵器。

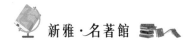

「這就對啦！我認識你姐姐的時候，人家都說她心腸好，一手把小弟弟拉扯大。而你那時呢，」他做出一副怪樣子來。「你是那麼的一點點，瘦瘦的，根本不像個人……」

　　我不高興地説：「別盡説我。」

　　「我才要説呢！我和你姐姐到教堂舉行婚禮時，我説，把那個可憐的小娃娃也帶過來吧，上帝保佑他，我的鐵匠舖裏也不多他一個人！」

　　我再也不忍聽下去了，就抱着喬的脖子哭了起來。他連忙放下撥火棍，也抱住我，説：「別哭，別哭，我們永遠是好朋友，是不是？」

　　最後，喬又説：「好啦，現在我們總算在一起了。你就教我認字吧！可是我得聲明，我笨得像頭牛。而且，這事不要給你姐姐知道，因為她不喜歡我成為讀書人，怕我讀了書就會造她的反，明白嗎？」

　　我正想問問他為什麼不敢造反，他先攔住了我，説：「小浦，我知道你想説什麼，可是，老朋友呵，剛才我都把話説過了。你看，我媽媽也是個勞苦的人，做牛做馬過了一輩了，活在世上連一天好日子都沒過成。因此，我最怕虧待了女人，寧可自己多受些氣。只要那根抓癢棍不落在你身上，我多挨幾下子，又有什麼關係呢！」

　　聽了這番話，我更從心裏尊敬喬。

不久，姐姐和潘波趣舅舅回來了，只見姐姐興沖沖地解下披肩，連帽子也來不及脫下，只是把它往後一推，就說：「嘿！這孩子如果今天晚上都不知道感恩，就一輩子都不會感恩了！」

我雖然不知究竟，但也連忙裝出一副感恩的嘴臉來。

姐姐又說：「只怕那小姐把他寵壞了，我放心不下呀！」

潘波趣舅舅說：「夫人請放心，她不是那種人。」

喬奇怪地問：「你們說什麼小姐？」

「哼！除了郝薇香小姐誰還有那麼講闊氣呢？她要小浦上她那裏陪她玩！」

我早就聽說過這個大名鼎鼎的郝薇香小姐。她家財富有，性格怪異。整天把自己關在一幢陰暗的大房子裏，與世隔絕。

「真奇怪，她怎麼認識小浦的？」喬吃驚地問。

「誰說她認識小浦啦？！」姐姐給惹火了。「難道潘波趣舅舅不會去郝薇香小姐那裏交租、郝薇香小

姐不會問問他有沒有一個小孩可以跟她玩，難道一向關心我們的潘波趣舅舅就不會推薦小浦嗎！小浦，瞧你還神氣活現呢！自生下地來，我就給你做奴才一直做到今天了！」

天啊，我哪敢神氣活現過！

姐姐又衝着喬説：「潘波趣舅舅明天一早就帶小浦到郝薇香小姐家，聽清楚了沒有？」

説完這話，姐姐就一把揪住我，不由分説地脱掉我的衣服，把我按在浴盆裏，用肥皂把我大洗大刷了一番，然後給我穿上了過節穿的那套像感化院小學生制服的粗麻布衣服，把我交給了潘波趣舅舅。

就這樣，我坐着舅舅的馬車離開了家。

第五章
在郝薇香小姐家

第二天上午，潘波趣舅舅便帶我上郝薇香小姐家了。

這是個破舊不堪、四周裝着許多鏽跡斑斑的鐵欄柵的大宅院。舅舅拉了門鈴後，一位年青美麗的姑娘從裏面走出來。

「這孩子就是小浦。」舅舅說。

那姑娘傲慢地回答：「進來吧！」

姑娘攔住了潘波趣舅舅，不讓他進去，然後把大門上了鎖，帶我穿過院子往裏頭走。走過幾條通道後，上樓梯到了二樓，來到一個房間的門口，她說：「孩子，進去吧。」她說完就走了。

雖然她把我孩子長、孩了短地叫，其實她的年紀跟我也是不相上下的。但由於她長得美，像個女皇，便不把我放在眼裏了。

我無可奈何地敲了敲門，聽到裏頭說了聲「進

來」，我便推門進去了，只見裏面點着許多蠟燭，但卻沒有一線陽光透進去。

這房子裏的家具都是我從未見過的，不過我知道其中有一張叫梳妝台，它是鍍了金的。在梳妝台的旁邊，坐着一個稀奇古怪的老婦人。她全身穿的都是貴重的白色料子，頭上垂着一條白色的婚紗，戴着做新

娘的花朵，脖子上和手上都戴着閃亮的首飾。不過，如今白色的婚紗變黃了，戴的花也乾癟了。只見滿梳妝台都是珠寶，滿地都是衣服，顯得亂七八糟的。不用問，這肯定是郝薇香小姐了。

她皺着眉頭看了我一會兒，説：「走過來，讓我好好瞧瞧你。」

我不敢看她的臉，卻看到她手上的錶，時間停在8點40分。我抬頭看看牆上的掛鐘，時間也是停在8點40分上。

她疊起雙手，放在胸口上，説：「你知道我手捂着的是什麼地方？」

「您的心，夫人。」

「碎啦！」她發出了一陣怪笑，然後又説：「我太無聊了，可我不想和大人打交道。你來玩吧！好啦，玩吧，快些玩吧！」

我真不知該怎麼玩，只好一動也不動地站在那裏。

「你在使脾氣，不聽話嗎？」她説。

「不，夫人，我只是不知道怎麼玩。但您千萬別

告訴我姐姐，否則她會打我的。我是想玩，不過您這裏太高貴、太陌生了，也太淒涼了。」

她沒有馬上回答，看看我，又看看周圍，又照照鏡子，然後說：「好吧，你去叫艾絲黛娜來。」

我到門口叫了幾聲，一會兒，那位美麗年輕的小姐拿着蠟燭過來了。

郝薇香小姐把艾絲黛娜叫到身邊，從梳妝台上拿起一顆寶石，一會兒放在艾絲黛娜的胸脯上，一會兒又放在她的秀髮上，比比試試，嘴裏説着：「我的寶貝，這一顆你戴起來多漂亮啊！將來我就給你。現在去跟這孩子玩牌給我看吧！」

那小姐輕蔑地説：「怎麼要我跟這樣一個幹粗活的小子玩啊！」

可是郝薇香小姐卻把嘴湊到她的耳朵旁，説：「你要把他的心揑碎，要揑碎它啊！」

艾絲黛娜又輕蔑地問我：「你會打什麼牌？」

我説我只會玩「鬥大」。

> ### 知識泉
>
> 寶石：顏色美麗，有光澤、透明度和硬度都很高的礦石，可用來製裝飾品、儀表的軸承或研磨劑。

　　於是我們就坐下來玩，一局還沒玩完，艾絲黛娜就鄙夷地說：「瞧這孩子，瞧他的手多粗糙，瞧他的鞋子多笨重！」

　　她這一說，連我自己也感到自卑了。

　　頭一盤我輸了，由我發牌，我知道她巴不得我把牌發錯，但極度緊張的我又怎會不發錯呢。於是她又說我笨手笨腳。

　　郝薇香小姐對我說：「為什麼你總是不頂撞她？你覺得她怎樣？」

　　我結結巴巴的說：「我覺得她很驕傲。」

　　「還有呢？」

　　「我覺得她很美麗。」

　　「還有呢？」

　　「我覺得她愛欺負人。」

　　後來，郝薇香小姐又叫我們再玩一局，我同樣也輸了。郝薇香小姐看樣子也累了，她打了個呵欠，說：「艾絲黛娜，帶他下去，給他吃點什麼，叫他走吧！」

　　艾絲黛娜送我下樓後，說了一聲：「孩子，在這

等着。」就走了。

院子裏一個人也沒有，我看着自己粗糙的手和笨重的鞋，覺得真是沮喪極了。一會兒，艾絲黛娜出現了。她把一小杯啤酒放在地上，把一些麵包和肉塞到我的手裏，連看也沒看我一眼，簡直把我當成了狗一樣。我的淚水禁不住湧到了眼眶。艾絲黛娜看到我的眼淚是由她惹起的，不禁喜形於色。這一來，我反而把淚水忍住了，眼睛瞪着她，不讓她那麼得意。

她一走，我再也無法忍下去了，便痛痛快快地大哭了起來，用手扯着自己的頭髮，用腳踢着牆，讓心裏的氣發洩一通，最後才抹乾眼淚，吃那可口的麵包和肉，喝喝啤酒，振奮起精神來。

過了一會兒，艾絲黛娜拿着鑰匙出來了，我看也不看她一眼就往外走。不料她卻用手碰碰我，逗我說：「你怎麼不哭啦？」

「因為我不想哭。」

「不哭才怪呢！剛才幾乎都哭瞎眼了，現在眼淚也快要掉下來了！」

她又輕蔑地笑了一陣，便把我推出門外。

　　我一回家，姐姐就追問我在郝薇香小姐家裏做什麼，問上一大堆問題，嫌我回答得不夠詳細，賞了我一頓拳腳，又揪住我的腦袋往牆上撞。最糟糕的是那潘波趣舅舅，也從鎮上趕來了，非要問個水落石出不可。

　　我並不是不可以回答，而是我知道若如實說出來，必然又會挨揍，何況還要把那美麗的艾絲黛娜端出來呢！我只好天花亂墜地胡編了一番，看着他們驚訝地瞪着眼睛在仔細聽的樣子。我幾乎忍不住要笑起來。

　　不久，喬放工回來，他們又把這講給他聽，當喬流露出似信非信的表情後，我才有點懊惱起來。

　　晚飯後，等屋裏只剩下我和喬時，我才鄭重地告訴他，這都是被迫編出來的謊話。我又告訴他，我是多麼的苦惱，被艾絲黛娜瞧不起，原來自己是那麼的平凡、那麼不爭氣。

　　喬說：「小浦，說謊究竟是不好的，撒旦就因為說謊而變成了魔鬼。可是，你怎麼會平凡呢？你那

次給我的信寫得多好啊！我想，你要爭氣就從頭學
吧。」

這一天，對我來說真是很不平凡的一天，永遠不
會忘記的一天。

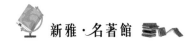

第六章

吻了艾絲黛娜

我接照約定的時間，第二次到郝薇香小姐家去。艾絲黛娜照舊拿着蠟燭叫我跟她走。在那黑暗的過道上，艾絲黛娜突然轉過身來，衝着我，臉對着臉地問：「我很美嗎？」

「是的，你美得很。」

「我愛欺負人嗎？」

「比上次要好一些。」

我這話觸怒了她，她啪的打了我一個耳光，再問：「你這粗野的小鬼，你為什麼不哭鼻子？」

「我一輩子也不會為你哭了！」但說實話，我的心已經在流淚了。

郝薇香小姐一見到我就說：「我帶你到對面的房間！」

對面的房間也是見不到一絲陽光，潮濕的壁爐剛剛生了火，煙在房子裏瀰漫着，爐架上點着幾根蠟

燭。房子裏的一切也都是破破舊舊的，當中有一張鋪了桌布的長桌子，桌子中間有一塊磨菇似的東西，上面布滿了蜘蛛絲和小爬蟲。我正看得出神，郝薇香小姐過來了，她一隻手拄着拐杖，一隻手搭在了我的肩上，說：「你瞧，等我死了，就停放在這上面，讓大家瞻仰。」

她又指着桌上問我：「你看那個東西是什麼？」

我說我猜不出來。

「是我結婚的蛋糕喲！」

「這塊東西擺在這裏時，你還沒有出世呢！它和我一起憔悴消瘦，老鼠用牙齒啃它，還有比老鼠更銳利的東西在啃我！當我穿着新娘禮服停屍在這裏時，就是對那些臭男人的最後一次詛咒！」

這時，艾絲黛娜進來了，郝薇香小姐又叫我與艾絲黛娜在她面前玩紙牌，當然又是我輸光了。她又是拿珠寶在艾絲黛娜身上比比試試，而艾絲黛娜對我

知識泉

壁爐：用磚塊依着牆壁建造的火爐，以木頭或木炭作燃料，用來取暖。

蜘蛛：節肢動物。身體圓形或長圓形，分頭胸和腹兩部，有觸鬚，雄的觸鬚內有精囊，有腳四對。肛門尖端的突起能分泌黏液，黏液在空氣中凝成細絲，用來結網捕食昆蟲。

　　更冷淡，連話也不多説，也像上次那樣，領我到外面去，把吃的東西像餵狗一樣交給我就走了。

　　我邊吃邊在院子裏逛着，這才發現院子裏有一道門，可以通到一個花園去。我走過去推開門看看，那裏同樣也是敗落不堪的。在花園的一個角落裏，有一間小屋，我以為裏面沒人，就從窗口望進去，竟出乎意料地發現裏頭有一個眼圈發紅、淡黃頭髮的白臉少年在讀書。他一看見我，就衝了出來，惡狠狠地問：「小傢伙，誰讓你進來的？」

　　「是艾絲黛娜小姐。」我回答。

　　他又惡狠狠地説：「那就跟我打一場吧！」

　　我也沒有別的辦法了，只好奉陪。看來他對打架是訓練有素的，在打之前，他先拿出一瓶醋和一塊海綿來，説：「等下這對你和我都有用。」

　　接着，他脱掉上衣，在我面前蹦來蹦去，扭東扭西，那架勢是我從未見過的。我不禁膽怯起來，當他擺弄完剛一停下時，我就急忙一拳朝他的頭打過去，誰知他是那麼的不經打，頓時被打翻在地，鼻血直流。還是我生平第一次把人打倒，所以反而使我大吃

一驚。

　　這位少年紳士卻有一種不屈不撓的意志，他爬起來，用海綿吸乾了鼻血，又擺出了一個勢不可擋的姿勢，我以為我必定一敗塗地了。那知我一揮拳過去，他竟又倒下了，而且這次更慘，還多了個黑眼圈。不過他又爬起來，抹乾血後又繼續向我挑戰。他氣力小，拳頭打在我身上一點也不疼，可我給他的拳頭卻一次比一次重。最後，他才跪在地上，按照拳擊的規矩，把海綿往上一拋，説：「你贏了！」

　　我贏了！不過，説實話，把他打成這樣，我真過意不去。所以，我問他：「你要我幫忙嗎？」

　　「不，謝謝你。午安！」

　　我也向他説聲午安，然後就出來了。

　　我回到院子時，艾絲黛娜正拿着鑰匙等我開門。見到我後，她神采飛揚，似乎有什麼稱心如意的事。我想，她准是看見剛才那場拳擊了。

　　艾絲黛娜沒有立即開門，卻招手叫我過去，説：「來！要是你願意，可以吻吻我。」

　　她把臉蛋湊了過來，我大膽地吻了一下。這一吻

頓時使我忘掉了許多痛苦。但從此，也給我帶來了無限的痛苦。當然，這是後話了。

這期間，還發生了這樣一件怪事。

有一天傍晚，喬收工後，到了村子裏的三船仙酒家去喝杯酒，姐姐叫我去把他找回來。我到了那裏時，喬和伍賽甫、還有一個陌生人正圍着火爐在喝酒。喬一看到我就招呼道：「小浦，到這來！」他的話一出，那陌生人就回過頭來看着我。

我坐到了喬的身邊，那陌生人的一隻眼睛半開半閉，好像是在用一枝無形的獵槍瞄着鳥兒那樣看着我，並對喬說：「這孩子是你的兒子吧？」

「不是，他是我的妻弟。」喬回答說。

他們一邊喝酒，一邊在閒聊，一會兒，那人的目光又和我接觸了，我發現他趁喬和伍賽甫不注意時，迅速從懷裏掏出一把銼子，用來磨自己的手指甲。我頓時愣住了，因為我認得這就是我偷給那逃犯的銼子。不過，那人做得是那麼隱蔽，除

知識泉

獵槍：用於狩獵的槍枝。可分為空氣槍、散彈槍和來復式獵槍三種，火力大的可用作獵殺大的野獸，威力小的則用來射殺雀鳥及小動物。

了我以外，其他人都沒看見。

不久，酒喝完了，喬和我也準備回去了。這時那人說：「請等一等，我這裏有一個先令，就給了這個孩子吧，他將來可有出息啦！」

他從口袋裏找出那個先令，用一塊揉皺了的紙包起來，放到了我的手上，說：「記住，這是給你的。」

他跟我們道了聲晚安，就走了。

我回家後，把錢交給了姐姐。姐姐說：「準是人家拿假貨來騙你們，世界上哪有這樣的好人，把整個先令送給一個孩子的！」

她把紙打開，拿出了那個先令，驚訝得大叫這是真貨。當她拿起那包着錢的紙一看，更是大吃一驚：「瞧，這是一張兩鎊的鈔票呀！」

喬也嚇了一大跳，急忙拿起鈔票，跑去三船仙酒家，要還給那人。可是，不一會兒，他就回來了，說那人早就走了，而且留下了話來，說給那兩鎊錢是故意的，不是給錯的。其實我早就料到會是這個結果了。

　　姐姐把那張鈔票放在客廳的一個空茶壺裏。這張
鈔票像一場惡夢一樣，壓在我的心上，使我不會忘記
曾幫助過逃犯這件可怕的往事。

第七章
～ 告別了郝薇香小姐 ～

我在郝薇香那裏的工作，除了「玩」之外，就是推着郝薇香小姐的輪椅車，讓她在房間裏轉來轉去。她除了給我一頓吃的外，從沒有給過我工資，提也沒提起過。艾絲黛娜也沒有再讓我吻她了。她對我忽冷忽熱，變化無常。郝薇香小姐把她當成了心肝寶貝，老是問我她美不美，又老是叫她把我的心揉碎。這樣的日子折磨了我恐怕有十個月之久了。

有一天，郝薇香小姐正扶着我的肩膀在走着，突然，她鬱鬱不樂望着我，說：「小浦，你長高了不少。你不是說過要跟一個姓喬的人學打鐵嗎？什麼時候你請他到這來，把你們的師徒合約也帶來吧。」

到了第二天，吃過早飯，喬穿起了過節時才穿的衣服，和我一

知識泉

合約：兩方面或幾方面在辦理某件事時，為了確定各自的權利和義務，而訂立的大家需要共同遵守的條文。

起，出發去郝薇香小姐家了。看着他為我而活受罪，真使我心裏難受。

郝薇香小姐像平常一樣，坐在梳妝台旁邊。她回過頭招呼喬：「你的師徒合同帶來了嗎？這孩子提過什麼意見沒有？」

喬望着我説：「小浦，你心裏才巴不得幹這行呢，對嗎？」

我做了個手勢，暗示他有話要直接對郝小姐説，但這毫無辦法，喬連正眼都不敢瞧郝小姐一眼。郝小姐看過合同，便問：「你不要這孩子的謝禮嗎？」

這句話大大傷了喬的心：「小浦，這種事咱倆還用得着説嗎？！你明知道我一千個不會要、一萬個不會要的，何必還要多問呢？！」

喬如此誠懇、深情的話竟使郝小姐意外地感動了起來，我從來沒有看見過她的眼神是這樣的。她從身邊的桌子上拿起了一個小口袋，説：「這裏有25個先令，是小浦的工錢。小浦，拿去給你的**師傅**①吧！」

---

① **師傅**：又叫師父，是指傳授專門的技術、手藝的有豐富經驗的人。

　　喬這時更顯得六神無主了，但還是一樣地衝着我說：「小浦，你這番好心，我領情了，可是⋯⋯老朋友⋯⋯我從來沒想過要的⋯⋯」

　　郝薇香小姐沒再說話，只是把小口袋塞到喬手裏，吩咐艾絲黛娜送客。

　　我問：「我下次還來嗎？」

　　郝小姐說：「不，再見了，小浦。現在喬是你的師傅了，你好好跟他學手藝吧。」

　　艾絲黛娜把我們送出了門。喬嘴裏一直在說：「小浦，小浦，這事情太古怪了！我從來沒想過要她的錢的！」

　　我回到自己的小臥室後，忽然覺得傷心了起來。

　　我畢竟當上喬的**徒弟**①了，這原來是我夢寐以求的好事。在這個家裏，雖然長期受到姐姐的打罵，但因為有喬的保護，便覺得這個家是神聖的、可愛的，能夠跟喬幹活，那我就算出頭了，幸福了。可是如今，我卻覺得打鐵十分單調、十分低下。我覺得自己

---

① **徒弟**：是指在師傅的教導和幫助下，學習專門技術、手藝的人。

沒有前途，雖然我不知道什麼才是我的前途，但是我總覺得這個家丟盡了我的臉，做打鐵這一行也丟盡了我的臉。我更擔心有一天艾絲黛娜會路過打鐵舖，看見在爐火旁的我。

不過，我並沒有把我的心事告訴喬，而且在他的影響下，我還是賣力地幹活，用心學打鐵。

一年快過去了，我逐漸長大，畢蒂的全部知識也傳給我了。我只要學到一點點知識，也要傳授給喬，不是為了別的，而是想使他變得高尚些、有教養些，起碼要配得上我這樣的老朋友，也少受艾絲黛娜的譏笑啊！

不過，我的心總免不了要飛到郝薇香小姐和艾絲黛娜那裏去，那幢奇怪的宅院裏的古怪生活也經常在我腦海裏浮現。

終於有一天，我告訴喬，我很想去看看她們。喬說：「那你就去吧，但如果她表示不歡迎，那你就別去第二次了。」

第二天，我便去郝薇香小姐家了。來開門的不是艾絲黛娜，而是我從未見過的一個女人，她說自己是

郝薇香小姐的親戚。

　　一切還是老樣子，郝薇香小姐還是一個人呆在屋子裏。她一見我就說：「你該不是來要錢的吧？我已經沒有什麼要給你的了。」

　　我說我只是來探望她。

　　她說：「那麼以後常常來玩吧，在我生日那天來。你這樣東張西望是為了找艾絲黛娜吧？」

　　既然她這樣講，我只好吞吞吐吐地問艾絲黛娜的身體怎樣。

　　「出國去啦！去接受**上流**①小姐的教育了。她比以前更可愛、更美了，誰見了都會愛上她的，你可見不到她了！」

　　她這句話顯然帶着幸災樂禍的笑聲。我再無話可說，只有告辭了。

　　我回到家時，已經是夜裏十一點鐘了，只見家門大開，燭火在晃動，好像出了什麼事，喬一見我，就

---

① **上流**：指社會地位高的如貴族、地主、有錢人等羣體，這些階層統稱為上流社會。

叫道：「小浦，你姐姐出事了！」

原來姐姐在下樓梯時，不小心一腳踏空了，由樓梯最高處滾了下來，腦袋重重地撞到了地上，身體也多處受傷，暈過去了。

雖然姐姐並沒有因這次意外而喪生，但卻落下了殘疾，不能自由行動，不會説話，喪失了記憶力。

喬一放工就照顧她，常常含着眼淚對我説：「她從前是挺好的呀！」

我們對照顧姐姐都束手無策。後來，畢蒂從伍賽甫姑奶奶那裏辭了工，我們就請她到家裏照顧姐姐。從此，畢蒂就成為我家的一員了。

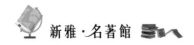

第八章

善良聰明的畢蒂

在漫長的一段時間裏，我過的是學徒生活，我的世界始終超不過村莊和沼澤地。一年一度在生日那天去看郝薇香小姐，每次她都給我一個先令，我若不要她就會生氣的。

那幢古老的宅院仍是那樣的黑沉沉，雖然，它沒有給我享受過一線陽光，但卻有一股魔力吸附在我的身上，使我看不起自己的職業，看不起自己的家庭。

畢蒂這時已發生了很大變化，和從前判若兩人。她的頭髮光亮照人，衣着整潔。雖然她遠比不上艾絲黛娜，可她的眼光卻永還是那麼的善良，那麼的可愛。

她的聰明能幹真使我吃驚。我買了一些書來讀，我懂的她也學懂了。甚至連打鐵這一行業裏的一切工具、各種術語，她都在行，簡直比鐵匠還要精通。我有許多心事，正苦於無法向人傾訴，所以有一天我便

約了畢蒂到沼澤地裏談談。一到沼澤地，看到河上的帆影片片和浪花，我的心不禁又飛到艾絲黛娜那裏去了。我歎了口氣地說：「畢蒂，如果你能給我守秘密的話，我就告訴你，我是多麼想做個**上等人**①啊！」

畢蒂說：「難道你現在不快活嗎？做上等人有什麼意思？」

「不，現在我一點也不快活！⋯⋯畢蒂，我小時候本來是很愛這打鐵舖的。我們──我、喬和你，三個人在一起，就使我感到很快活了。我將來滿了師，就和喬合夥幹，說不定我長大後，會和你永遠永遠在一起，星期天出來散步。畢蒂，那時你不會嫌棄我吧？」

畢蒂向河上的船望去，歎了口氣說：「不會的，我不會好高鶩遠的。」

「可是，我卻嫌棄目前的生活。本來，粗俗也罷，下賤也罷，我們的生活就是如此，如果沒有人說

---

① **上等人**：生活在上流社會裏的、等級高的人，如貴族、地主、有錢人等，都統稱為上等人。

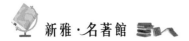

穿了，那也無所謂。」

　　畢蒂盯着我看了好一會兒，然後轉過臉對着大河，説：「是誰這樣亂説？那不是實事求是的。」

　　我一時慌了，不得不把心裏話掏出來。我説：「説這話的是郝薇香小姐家裏的艾絲黛娜，她長得比誰都美，我愛她愛得簡直要發瘋了。我要做上等人，

就是為了她。」

畢蒂沉思了一會兒，然後說：「那你要做上等人，是為了向她出氣呢，還是為了要討她喜歡？」

「我也不知道。」

「如果為了向她出氣，那就最好拿出志氣來，根本不聽她那一套。但如果為了討她喜歡──是不是這

樣你自己清楚，我認為這種人根本不值得你去討她喜歡。」

還有比這分析更清楚的嗎！但我無法接受，我趴在草地上，傷心地用手扯着自己的頭髮，嗚嗚地痛哭了起來。

畢蒂是多麼懂事的姑娘啊！她不再跟我説什麼了，卻用她那因長期做工而變得粗糙的雙手，然而也是非常溫柔的手，把我扯着頭髮的手拉開，又愛撫地拍着我的肩膀。等我哭夠了，她就説：「浦，你對我説了心裏話，又信任我會守住秘密，這使我很高興。」

聽了這番話，我感動得抱住她的脖子，説：「畢蒂，以後我有什麼事都告訴你，永遠，永遠！」

她輕輕地説：「等你做了上等人，就不會告訴我了。」

「你放心好了，我一輩子也不會做上等人的！」

我們繼續在河堤上散步。這裏風光宜人，涼風習習，陪着她走是多麼的稱心如意，豈不比陪着艾絲黛娜玩「鬥大」的把戲、總是受她譏諷要好得多？畢

蒂從來不會欺負人，也不會反覆無常，她寧可自己受苦，也決不會令我痛苦，她會永遠讓我快樂的。為什麼在我心裏總是有艾絲黛娜的影子，而從不把畢蒂放在心上？

我誠懇地對畢蒂説：「唉，畢蒂，要是我能愛上你有多好啊！你別怪我直説，真的，我們是老朋友了。我能愛上你一定是很幸福的！」

畢蒂説：「可你心裏清楚，你哪會呢？」

我們都沉默了。在回家的路上，兩人都一直默默無言。

我內心的矛盾越來越大，當我頭腦清醒時，我會看到畢蒂勝過艾絲黛娜千百倍，會覺得這樣自食其力的生活毫無低賤之處，甚至還會憧憬着滿師後與喬合伙、與畢蒂永遠在一起的幸福；但一回想起郝薇香小姐家裏的情景，就像中了魔法一樣，胡思亂想，幻想着也許滿師以後，郝薇香小姐會讓我平步青雲、飛黃騰達，那時候的生活就會完全是另外一個樣了。

第九章
好運從天降

我跟喬做學徒已經進入第四個年頭了。一天晚上，我和喬到三船仙酒家去，和一大羣人圍在火爐旁，聽伍賽甫先生讀報紙和聊天。

這時，一個陌生人走了過來，他開口問道：「諸位裏面可有一位叫喬的鐵匠？」

喬説：「我就是。」

他把喬叫了過去，又問：「你有個叫小浦的徒弟，他來了沒有？」

我高聲應他：「來了！我就是小浦。」

他説要到我們家裏，有要事商量。我們帶他回家後，他説：「我名叫賈格斯，在倫敦當律師。我受

了一個人的委托辦一件事。喬先生，如果為了小浦的前途，讓他跟你解除師徒合同，你不介意吧？你有什麼條件？」

喬瞪大眼睛，說：「為了小浦的前途，我還要講條件，那真是天理難容了！」

那人就說：「好吧，那我就告訴你，有人要給他一大筆財產，從現在起就要他脫離目前的行業，去接受上等人的教育。」

啊，這消息真是太令人震驚、使人振奮了！我簡直不敢相信自己的耳朵。我的美夢終於成真了，一定是郝薇香小姐把它實現的。

賈律師接着說：「小浦先生，還有幾何話要對你本人說清楚。我受你的恩主委託，保守秘密，不能透露其姓名。將來，那位當事人會親自告訴你的。是什麼時候，誰也不知道。以後你跟我往來，絕對不許提這事，要一點暗示也不行。為什麼這樣，你也毋須問。這條件你願意接受嗎？」

我納納地說，我沒有意見。

他又說：「既然這樣，一切都說好了。你不但

在將來可以獲得財產，你那恩主已有一筆存款在我這裏，足夠你現在去倫敦接受教育和生活了。這樣吧，你不妨把我當做**監護人**①。現在你願意到一個合適的老師那裏去接受教育嗎？你希望找哪一位老師？」

我説我不知道。

「那我就提議樸凱特。這是個又正派又有學問的人。你打算什麼時候動身呢？」他又説。

我恨不得馬上就走。

「你得先做幾件衣服，就在一星期後出發吧，我先給你二十個先令。」

賈格斯把錢給了我後，又對喬説：「喬先生，這事令你很難接受，是不是？你剛才説過不提什麼條件，可是如果我的當事人委託我送一筆錢給你作為補償，你意下如何？」

喬把手輕輕搭在我的肩上：説：「這孩子能過上榮華富貴的生活，那是我最高興不過的。不過，你以

---

① **監護人**：負責監督保護身心未成熟或有殘障的人的身體、財產及其一切合法權益的人。

為用錢就可以補償我失去這孩子的損失，那就大錯特錯了！」

多好的喬，當時我只急於去過上流社會的生活，就完全不顧喬的感受，太忘恩負義了！至今回憶起來，我還記得喬用那鐵匠的粗大胳膊掩住淚眼，寬闊的胸膛在起伏，聲音嘶啞，在我肩上的手抖動着。唉，這叫我多麼難忘呵！

賈律師交給我一張**名片**①：「小浦先生，你既然要成為上等人，就越快離開這裏越好。到了倫敦，可以在驛站僱一輛馬車，直接到我那裏去。我的地址都寫在名片上了。」

律師走了，我把他送到三船仙酒家那裏。

我回到家，看見喬坐在火爐前，我也坐下了，兩人長時間沒有話講。後來，我才

知識泉

驛站：最初的意思是指舊時傳遞政府文書的人中途更換馬匹或休息、住宿的地方，後來也指旅客乘坐馬車時停靠的車站。在本書中是指後一種含義。

---

① **名片**：上面印着使用人的姓名、職業、地址的長方形紙片，主要是在拜訪他人或與他人聯繫時使用。

説：「喬，你告訴畢蒂了嗎？」

「沒有，還是你自己告訴好。」

「喬，我覺得由你來説要好些。」我説。

畢蒂正在做針線活，喬對她説：「畢蒂，小浦成了個有錢的上等人啦！願上帝保佑他。」

畢蒂放下手中的針線瞧着我，喬也瞧着我，我一雙眼睛同時瞧着他倆。沉默了片刻，他倆便向我祝賀，可這祝賀中卻透出幾分傷心的滋味來。

畢蒂費盡心思要把這消息告訴姐姐，可她什麼反應也沒有。

我回到自己的卧室，抬頭望着滿天的星星，不知為什麼，我覺得它們都是可憐的，因為它們天天看到的，無非都是鄉下的景物呵！我真同情這裏的人們，他們每星期都到教堂去，又從那裏走到後面的墓地，一生的世界就是如此。我將來有錢後，一定要請他們吃一頓上等菜，享受一下人間的真正幸福！我又回憶起童年時幫助那逃犯的經過。以前每當記起這些往事，我總感到難堪。而現在，我想這一切都過去了，那人可能早已被送往天涯海角，或是死掉了。如今一

切都和我無關了！

　　我到了鎮上的**裁縫**①店去做衣服，一個小伙計正在門前掃垃圾，一看見我來，就拿我出氣，把垃圾掃向我。但當我對店老闆説我已獲得一大筆財產、要在他這裏做衣服並先付**訂金**②時，店老闆馬上另眼相看，連罵帶喝地要那小伙計拿最好的衣料給我挑選，拿了一匹又一匹。

　　量過身後，我就到了潘波趣舅舅家，告訴他我得到了財產的事。潘波趣舅舅馬上給我準備茶和點心，給我敬酒，稱我為親愛的年青朋友，説他從小就看得起我，又説他盡了犬馬之勞，成全了我今天的發達，他感到不勝榮幸等等。最後，他還請我以後做他商店的大股東。

　　新衣做好了，我穿上後，就到

知識泉

股東：合伙經營商店和公司的投資人，以及公司的股票持有人，就叫股東。股票，是用來表示投資人在公司投資了多少金額的憑證。

---

① **裁縫**：做衣服的人。

② **訂金**：顧客在購物時，由於要購買的物品尚未製作好，就先預付部分錢，等物品製作好，才付足其餘的錢，這預付的錢就叫訂金。

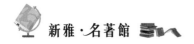

了郝薇香小姐家裏。

一切沒有變的還是這座宅院和郝薇香小姐，我看見她時，她正拄着拐杖在結婚蛋糕旁走着。

我說：「郝薇香小姐，明天我就要上倫敦去了，今天來向你辭行，你不見怪吧！」

「你真是衣冠楚楚、一表人才啊！」她說。

她的拐杖向我身上揮了幾下，使我想到了灰姑娘故事中的神仙教母，是她使我成了另外一個人。我便說：「我交了好運，我永遠感激你。」

她說：「是的，我見到賈格斯先生了，一個沒有透露姓名的有錢人收養了你，對嗎？」

「是的。」

「很好，」她揮了揮那根魔杖，「要有出息啊！一切都要聽賈格斯先生指點，再見吧！」

她向我伸出手來，我屈下一膝，在她手上吻了一下，表示了我的感謝。

一切都準備就緒了，我的行李只有一個小提箱，我事先告訴喬，不用他送行了，我在早晨就起程。其實，我是怕喬把我送到倫敦驛站時，他的一套服裝與

我的新衣服太不相稱了。

　　早晨，我擁抱了姐姐，擁抱了喬，告別了畢蒂。他們把我送到了村外。

　　離家越遠，我便越感到內心的空虛，後來，眼淚便止不住湧了出來。

　　眼淚這東西是聖潔的，它好比甘霖一樣，滌淨了那蒙在心靈上的塵埃。我為自己忘恩負義而抱愧，恨不得飛回去再和親人們重新道別。

　　可是，路已經越走越遠了，再不能回頭了。一個陌生的花花世界即將展現在我的前面。

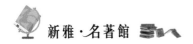

第十章
學做上等人

　　我到了倫敦，找到了賈格斯先生的律師事務所，賈格斯要我到巴那德旅館和樸凱特的兒子住幾天，等到星期一就和他去拜訪樸凱特。他還把屬於我的數目可觀的生活費告訴我，又從抽屜裏取出一些商人的名片，説我可以隨便到這些商店去取各種衣服和用品。他派一個名叫文米克的辦事員陪我去巴那德旅館。文米克是個身材矮小、表情呆板和少言寡語的年輕人。我以為巴那德旅館是間規模宏偉的大旅館，可到那裏一看，哪像一間旅館，不過是幾間破爛骯髒的房子擠在一個髒臭不堪的角落裏！

　　承受大筆財產的頭一步就如此不理想，我不由得發愣了。在一個角落裏，文米克領我登上了一道搖搖欲墜的樓梯，然後到了最高一增的一套房間門口，這便是小樸凱特的家。只見信箱上貼着一張字條「外出，即歸。」

　　文米克先走了，我就站在那裏等。等了好半天，才見一個年紀和我相仿的青年走上樓梯來，他兩隻胳膊各夾着一個紙包，手上還拿着一籃草莓，走得上氣不接下氣。他一見我就說：「是小浦先生嗎？對不起，沒想到你這麼快就到了。我還去給你買水果呢。」進了房間，這年輕人給我解釋說：「這房子差一些，因為我靠自己雙手謀生，不願意依靠父親。你在這裏住到星期一，就搬到我父親那裏去，比這裏

好些。那邊是你的小卧室，你住在這裏，總不至於和我打架吧！」

這時，我們兩人才有機會面對着面，都不禁驚訝起來，一齊嚷道：

「天啊，你就是在花園裏東張西望的那小子！」

「哎呀，原來你就是那位挨打的白臉書生！」

我們相對大笑一番後，他自我介紹説，他名叫赫伯特·樸凱特。

赫伯特説：「聽説你最近才交上好運的，是嗎？」

我回答他後，便乘機問起有關艾絲黛娜的情況。

「啊，赫薇香的那個養女呀！她是個潑辣女子，心頭高，心眼狠，又會使性子。郝薇香收養她是為了對所有的男人報復的。」

「郝薇香小姐要報什麼仇啊？」「你真的不知道啊？賈格斯沒有告訴你？他是郝薇香的法律顧問呢。我把我知道的全都告訴你吧！郝薇香從小嬌生慣養，父親是一個開**酒坊**①的有錢人，母親很早就去世了。

---

① **酒坊**：舊時製作酒並出售酒的工場或作坊。

她有個同父異母的弟弟，是她爸爸在外面偷偷娶的一個女人生的。後來這女人也死了，這弟弟就住到那座宅院裏。由於這壞小子長期胡作非為，他父親很生氣，就剝奪了他的繼承權，把全部財產都留給郝薇香小姐。但後來又心軟了，把一部分財產分給了他。可他不久就把這財產揮霍光了，還對郝薇香恨之入骨，認為父親那麼討厭他，就是由於姐姐在挑撥。

「而郝薇香小姐呢，成了遺產繼承人後，很多人就向她求婚了。後來出現了一個男人，他長得不錯，而且能說會道，十分狡猾，懂得怎樣討郝薇香喜歡。那時賈格斯還沒當郝薇香小姐的法律顧問，因此她就上當了，愛上了那個人，並接受了他的求婚。

「到了舉行婚禮的那天，所有的親戚都到了，可新郎就是沒來，卻來了一封信……」 我打斷了他的話，說：「那時一定是8點40分。」

「正是這樣。結果她就讓宅院荒廢了，並收養了艾絲黛娜給她報仇。」

「那這事又跟她的弟弟有什麼關係呢？」

「原來那男人是跟她弟弟串通了的，期間還騙了

郝薇香很多錢。那弟弟認為一定要這樣才能傷透她的心，讓她永遠振作不起來。」

「那兩個壞蛋還活着嗎？」

「那我就不知道了。」

後來，我問赫伯特，現在他幹的是什麼行業。他說他在一家商店的帳房裏幹活，報酬是很微薄的。但他有一個發財的計劃，如果他有資本，就可以買一些人壽保險公司的股份，擠進董事會去；還要去印度、錫蘭做生意，特別是象牙生意，那都是生財之道。

赫伯特給我的初步印象是談吐直爽，平易可親，也比較有風度。不過似乎是那極一輩子也成不了大事的人。但是，他對我的態度是極其誠懇的。

星期一，他和我一起，乘坐馬車到了他父親樸凱特先生的家。樸

知識泉

人壽保險公司：專門負責補償投保人因意外事故或人身傷亡而造成損失的公司。人們若想獲得補償，就必須按時交納一定數額的錢，這種人就叫投保人。保險公司可用這筆錢存進銀行賺取利息，或用來做其他生意。

董事會：在合夥經營的公司裏，由合夥人組成的領導機構，就叫董事會。當股東投資的金額達到了一定的數目後，就可以進入董事會，有權參與公司的重大經營決策。

凱特先生年過半百，他的兒女有七個之多，而他的夫人又體弱多病，所以他不得不靠努力教書來維持生活。他熱情地帶我去看安排給我的房間，那房間條件不錯。他還告訴我，除我之外，還有兩個學生，就住在旁邊。他把這兩個學生介紹了給我，一個叫朱穆爾，是個外貌蒼老、態度傲慢、體態笨拙的青年；另一個叫史達陀，比較年青，看起來也比較順眼些。

知識泉

印度：位於南亞次大陸的印度半島上，面積297萬平方公里，首都新德里。現今人口8億多，大部分居民信奉印度教，是傳統的農業國，工業也具相當規模，科學技術的研究也較為先進。

錫蘭：現叫斯里蘭卡。位於印度半島南面的印度洋上，是一個島國。面積6萬多平方公里，首都科倫坡。現今人口1700多萬，居民多信奉印度教或佛教，是以種植園為主的農業國。

樸凱特對我的前途看得比我還要清楚，他認為我的求學並不是為了就業，只要我的學問能及得上一般的富家子弟，同我日後的地位大致相稱就可以了。他還建議我到倫敦的其他地方去見識見識。

我覺得自己還是和赫伯特合拍些，所以我保留了巴那德旅館那個房間，既可調劑生活，又可向赫伯特學點禮儀，另外，也可幫助赫伯特減輕點經濟負擔。

　　我開始安下心來進修。也許是畢蒂給我的影響，我總是毫不放鬆自己的學習，比起朱穆爾和史達陀都要努力，進步也就快得多。朱穆爾是個心胸狹隘的人，學習上一點也不虛心，對待人就更小氣和多疑了。論個子，他比老師要高一個頭；可論腦袋，他比哪個同學都要笨。我們和朱穆爾越來越疏遠了。不久，他就沒有再跟樸凱特先生學習，而是回到他的老家去了。

　　我和赫伯特成了好朋友。我還買了一條小艇，我們有空時就划着小艇，往來於倫敦和附近的城市。

　　這期間，我不知不覺地也逐漸學得奢侈了起來，因為我的地位變了。

第十一章
～ 又 見 到 艾 絲 黛 娜 ～

　　我收到畢蒂的一封信，説喬要到倫敦來看我。説實在的，雖然他和我感情深厚，可是聽説他要來，我倒覺得心煩起來。我覺得我們的身分太懸殊了，我怕他在我的朋友面前出我的洋相，如果我給他幾個錢就能讓他不來，那我決不會在乎這幾個錢的。

　　我的生活可説是今非昔比，我的卧室已布置一新，家具都是一流的。我還僱了一個**僕童**①來大擺排場，給他穿上藍外套，白領結，黃色背心，奶油色馬褲和長筒皮靴。每天還想方設法布置他工作。

　　那天，我吩咐這僕童在過道上服裝整齊的站好崗，把客廳和餐廳布置得富麗堂皇，好讓喬看看這氣派。但喬不待通報就上來了。

---

① **僕童**：被僱到有錢人家中做雜事、供人使喚的人。年紀大的叫僕人，年紀小的叫僕童，女性的叫使女、侍女或婢女。

喬熱情洋溢，一見我就把帽子往地上一放，然後抓住我的一雙手，一起一落，搖個不停，好像我是一台新出品的水泵似的。

我說：「喬，見到你真高興，把帽子給我吧！」

喬撿起了帽子，小心翼翼地捧着它，好像是在捧着一個鳥窩。他說：「你長高了，胖了，十足是個上等人了，將來一定會有出息的。」

「你也不錯啊！」我說。

「託上帝的福，我好，姐姐也沒有更壞；畢蒂還是那麼結實利索。」

喬說到這裏，突然停了嘴，原來是赫伯特進來了，我給他們作了介紹。赫伯特伸出手來要和喬握手，但喬卻不懂得伸出手來，只是牢牢地抓住那「鳥窩」不放。

到了一起吃早餐時，喬就越來越顯得侷促了，笨手笨腳的，常常把食物掉在地上。幸好，謝天謝地，

赫伯特有事告辭出去了。

這時，屋裏只剩下我們兩人了。

喬說：「我們最後談談吧。先生，說實在的，如果我不是一心為了你，我決不會到這旅館來和上等人同桌吃飯的。」

他這是在責備我。我說：「喬，你怎麼叫我做先生呢？」

他繼續說：「那天，潘波趣到三船仙酒家找我。哼！這個人老是到處吹他是你的朋友。」

「胡說！喬，你才是我的好朋友啊！」

喬的聲音變得柔和了：「是的，小浦，這才是千真萬確的。那天，那傢伙氣勢洶洶地對我說，郝薇香小姐要找我去談。第二天，我去看她，她說：『請你告訴小浦先生，艾絲黛娜回來了，很樂意見見他。』」

我的臉發燙了，喬啊，你怎麼不早告訴我！

喬還在說下去：「本來我想叫畢蒂寫信告訴你，可畢蒂說還是當面講好些。好了，我的話完了，小浦，祝你健康，祝你高升！我走了！」

　　我還在發呆，喬在我的額上輕輕地親了一下，就走了。等我回過神來，急忙跑出去追他，他已經走遠了。

　　不用說，第二天我就回家鄉去了。起初我想，既然回家鄉，就該在喬那裏過夜，可是後來又想想，事先不通知他，到時可能會給他添麻煩。而且若住得離郝小姐太遠，說不定會惹她不高興。有了這些藉口後，就決定住在藍野豬飯店。

　　我睡了一個晚上後，心情舒暢起來了，想着我的女恩主以及她為我和艾絲黛娜安排的命運，她既然選擇了艾絲黛娜做她的養女，又選擇了我當她的養子，我就一定要把陽光引進這宅院，重新啟動一切鐘錶，掃盡蛛網，滅盡鼠害，像一個為着美麗的公主而冒險的騎士一樣。唉，為了艾絲黛娜，我有什麼不能犧牲、有什麼不能忍受呢！

　　郝薇香小姐在她的房間裏接見我。她仍舊坐在梳妝枱旁的椅子上，身邊是一位我從未見過的儀態萬千的年輕女郎。

　　郝薇香小姐和我招呼了幾句，那女郎才抬起頭

來，狡猾地看着我。天啊，這不就是艾絲黛娜的眼睛嗎！她的變化多大啊！她比以前更美了，簡直是天仙一樣。在她的面前，我自慚形穢，又變回一個粗俗下賤的小子了。

我結結巴巴的說了幾句，無非是表示我的高興等等。

郝薇香小姐說：「小浦，你覺得她變化大嗎？」

我說：「開頭我認不出來，現在再看，還是從前那個……」

郝薇香小姐說：「怎麼，還是原來那個又驕傲、又愛欺負人的、你要躲她的艾絲黛娜嗎？」

我連忙說那都是過去的事了，我以前不懂事。而艾絲黛娜卻不置可否的笑了笑。

郝薇香小姐讓我和艾絲黛娜到花園去。他說：「小浦，你既然交了好運，有了大好前程，你結交的朋友也應該和從前的不同了。」

我含糊地應着。可憐的喬，我原來想去看他的，可這時連一點興趣也提不起來了。

這位絕代佳人和我一起在花園裏散步，每到一個

地方，我都問她可記得從前的往事，可她總是漫不經心的回答説不記得了。這一聲聲的不記得，惹得我又在心裏哭了，哭得比任何時候都傷心。

她淡淡的説：「記性記性，離不開心，可是我卻沒有心。」

「這麼美麗的人兒會沒有心嗎？」

「肉做的心當然有，否則我就活不成了。我的意思是説，我心裏沒有柔情，沒有同情心，沒有感情——沒有這些無聊的東西。」她回答説。

我癡癡的望着她，才想開口勸她，她就打斷我的話，説：「你聽我説完！我對任何人都沒有感情，我心裏根本就沒有感情這回事！」

唉！為什麼我的女恩主要撮合我倆的時候，她卻這樣的折磨我？

我們回到房間去，一會兒就是吃飯的時間，艾絲黛娜去更衣了，屋子裏只剩下我和郝薇香小姐，她對我説：「你看她的相貌、風度多美，你為她傾倒嗎？」

「誰見了她都會為之傾倒的。」

她緊摟住我的脖子，説：「快去愛她，愛她！她待你好要愛她，待你不好也要愛她！哪怕她叫你心碎也得愛她！愛她，愛她！我收養她，教育她，就是為了叫人愛她。」

她的話是有道理的，可是經她嘴裏説出的愛，一點兒也不美麗，簡直就是仇恨和死亡。她容不得我説一句，就繼續説：「什麼是愛？我可以告訴你，無非是盲目的忠誠，死心塌地的唯命是從，無非是不顧自己，不顧一切，無非是叫你把整個心肝靈魂交給人家去宰割──就像我那樣！」

我們這餐飯吃得毫無味道。臨走時，艾絲黛娜和我講好，她遲些也要到倫敦去，到時一定通知我，讓我去驛站接她。

回到藍野豬飯店後，我真是如癡如醉，耳邊盡是郝薇香小姐的聲音：愛她！愛她！愛她！

我心中禁不住充滿了感激之情。郝薇香小姐居然鼓勵我這個學徒出身的人，去追求一個天仙般的千金小姐！可是，我什麼時候才能打動她那顆沉睡着的、毫無感情的心呢？

第十二章
～ 姐姐病逝了 ～

一天，郵局送來了一封信，信箋上只有寥寥幾字，沒有稱呼，只寫着：

> 後天我搭中午班馬車到倫敦來。我們有約在先，由你來接我。我遵郝薇香小姐之命，寫信通知你。她向你問好。
>
> 艾絲黛娜

一封短短的信，就叫我睡不安寧，連飯也不想吃了。這天我提前幾個鐘頭就到了驛站，懷着激動的心情迎接了艾絲黛娜。

她這次身穿鑲毛皮的旅行衣，又是另一番風韻，而且我也看得出，是郝薇香小姐的授意，着意叫我傾倒的。

她告訴我還得僱一輛馬車去雷溪芒。我問她到那裏幹什麼，她說：「去找一個貴婦人，跟她去過豪華

的生活。她可以介紹我到社交界去，讓我多認識幾個人，多見見世面。」

「我想你也願意換一個環境，博得更多人的傾心吧！」我說。

「唔，很可能，不過，你休想教訓我。我倒要問問你，你在這裏過得怎麼樣？」

「還能怎樣！沒有你，我在哪裏也是不愉快的。」

「你這傻孩子，盡說些廢話幹什麼？我上次不是提醒過你，你忘了嗎？」她說。

艾絲黛娜讓我吻了她的臉和手。可她卻像一個毫無知覺的雕像一樣。我的嘴唇剛一碰到她的臉，她就避開了。她對我說的話、做的一切，都好像表示出是為了應付別人的安排而被迫的，這真使我感到無限的傷心。

在馬車上，我對她說，希望今後能允許我去雷溪芒看她。

「這還用說，其實，她們早就知道你的名字了。」

「郝薇香小姐那麼疼你，為什麼你剛從國外回來，她就捨得和你馬上分開呢？」我問。 她輕輕地歎了一口氣，説：「這也是她培養我的計劃之一，自然以後我會寫信給她，或是回去向她當面匯報的。報告我和那些珠寶的情況。那些珠寶已完全歸我所有了。」

我把她送到雷溪芒那間高大的、古老的宅院前。這裏過去可能是貴族的官邸，現在雖然陳舊了，但仍然相當氣派。我拉了幾下門鈴，兩個侍女馬上出來了，把艾絲黛娜接了進去。

我一個人站在外面，癡癡地想着。我想，要是我能跟艾絲黛娜住在這裏，那該多幸福啊！

我既然以巨大財產繼承人自居，這身分影響了我，又影響了我周圍的人。有時我捫心自問，不得不承認對自己沒有多少好的影響。像對喬的薄情，對畢蒂的苛刻，都使我在良心上過不去。半夜醒來，心煩意亂，真恨不得一輩子沒到過郝薇香那裏，便可心滿意足地在打鐵舖度過一生。每當傍晚我一人面對壁爐時，總是覺得爐火再好，也不及老家廚房的爐火好。

另外因我而受害的人，就是赫伯特了。他本來家境不好，但與我成為好友後，也變成了花花公子。他也配備了名貴傢具，也有了僕童，當然，跟着也就有債務了。

史達陀建議我們加入了那花花公子的俱樂部——林鳥俱樂部，無非是吃喝玩樂加上鬧事。其中花錢最多、做事最胡鬧的是朱穆爾，我們當然也不甘落後。其實我們的日子並不好過，我常受到債主的追債，而赫伯特天天到城裏觀望形勢也一無所獲，可是我們仍不肯把生活標準降低，所以欠的債也就越來越多了。

正在這時，發生了一件不幸的事，我接到了我姐姐病逝的**訃告**[①]。我急忙就趕回家鄉，去參加葬禮。

我對姐姐的感情很特別，她對我過分的打罵使我無法對她產生深厚的感情，可是對她的死，我卻是非常悲痛的。回想起少年時代的

[①] **訃告**：宣告某人死了的通知。舊時一般用書信的形式寄送。現在許多人則通過報章向外界宣布。

一切，姐姐總歸是姐姐，她打在我身上的抓癢棍也就不那麼痛了。

我家裏的客廳布置成了黑色，我那可憐的老朋友喬一個人坐在屋子的角落裏，身穿**喪服**①，神情哀傷。

我俯下身去，安慰他說：「你好嗎，親愛的

---

① **喪服**：死者的親屬為表示哀悼而穿着的衣服和鞋子。

喬？」

他說：「小浦，親愛的老朋友。你是了解她的，她本來是長得挺好看的呀！」

他拉住我的手，再也說不下去了。

吊唁①的人都來了，大家說了姐姐的不少好話和安慰了喬之後，就把姐姐的遺體抬出去埋葬了。

晚上，我約了畢蒂去花園散步。

我問她：「畢蒂，你不會再在這裏呆下去了吧？今後你怎樣生活呢？如果你需要錢……」

她漲紅了臉，說：「不，小浦先生，這裏有幾座小學快建成了。他們需要老師，這裏的人會推薦我去的，我也會努力工作，邊學邊教的。」

沉默了一會兒，畢蒂告訴我喬如何想念我，還談到了喬的許多好處。

我說我不能把喬撇下不管，以後我一定會常常回家鄉來的。

畢蒂在月光下目不轉睛地看着我，說：「你說的

---

① **吊唁**：人死了後，死者的親戚朋友到死者的家中，拜祭死者和安慰死者家屬的活動。

話算數嗎？」

聽她這一說，我生氣了，説：「畢蒂，我真奇怪你竟會對我說這樣的話！」

這一夜我睡得非常不好，想不到畢蒂竟然會那樣誤解我、冤枉我。到了天亮，我要走了，可憐的喬已在打鐵舖裏忙開了，他和我握手告別。

畢蒂給我做了吃的東西，在廚房裏等我，我伸手向她告別，説：「畢蒂，我一點不生氣，只是覺得很難過。」

畢蒂很凄切地向我懇求説：「別覺得難過，如果我有什麼地方對不起你，難過的應該是我。」

告別了喬和畢蒂，我滿懷惆悵地邁進了早晨濃濃的霧中。

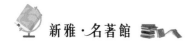

第十三章
喜悅與痛苦

　　我期待已久的二十一歲生日——成年的日子終於到來了。那天，我來到賈格斯先生的事務所，他向我表示了祝賀，說：「從今天起，我就得稱你為小浦先生了。」

　　我看看四處沒人，就問他：「我能得到什麼生日禮物嗎？」

　　賈格斯馬上得意洋洋的說：「我早料到你會提這個問題的。」

　　他便把文米克叫了進來，文米克把一張紙交給他後就走了。

　　「這是一張五百鎊的支票，這就是生日禮物。數目不小吧！今後，錢銀的事完全由你自己作主，你每季度向文米克領一百二十五鎊。直到你的恩主出現那天，那時你們就可以直接打交道，而不需要我這中間人了。」

我便表示感謝那位恩人。賈格斯又說：「不必感謝，說了也沒用。人家並沒有給錢我來傳話。」

這五百鎊拿到手，我便想起了一件心事，我一定要用這錢來把它辦成。我找到了文米克，文米克現在也成了我的好朋友，他對不少問題的見解也頗有道理。我告訴他，赫伯特想在商界裏發展，可惜缺乏本錢，因此我想用這筆錢去資助他，請文米克出個好主意。文米克馬上答應幫忙。

不久，他告訴我，他通過他未婚妻的哥哥，找到了一位名叫克拉瑞的年輕商人，他為人老實，是做航運的，既需要助手，也需要資金。等有了一定的營業收入，就可以正式入夥。我便以赫伯特的名義和克拉瑞簽了秘密協定。現在先給他二百五十鎊，將來再陸續投資。

這件事情辦得十分巧妙，赫伯特一直蒙在鼓裏。他還興高采烈地告訴我，有一位年輕商人對他表示了好感。他一天比一天快活起來了。

當赫伯特加入克拉瑞公司的那一天，他興奮得和我談了整個晚上。我終於能夠為好朋友做了件大事，

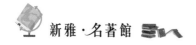
因此也痛痛快快的哭了一場。

　　為了接近艾絲黛娜，當她住在雷溪芒的時候，我經常是不分晝夜在那裏流連忘返的。

　　那家的主婦白蘭莉夫人是個寡婦，有個女兒比艾絲黛娜大幾歲。她們在社交界有很高的地位，到她們家的客人不計其數。我每次在艾絲黛娜身旁時，艾絲黛娜就用盡心思來折磨我，她不但利用我來戲弄愛慕她的男性，還把我對她的一片癡情任意糟蹋。她把我看成是最親近的人，划船、郊遊、過節、看戲、聽音樂等，都少不了我。但是，她總是使我感到，她和我的交往是被迫的。

　　她又經常叫我陪她到郝薇香小姐那裏去。郝薇香小姐把艾絲黛娜疼得什麼似的，眼睛裏差不多要冒出火，連手都在發抖，好像恨不得要把她吞下去，實在愛得瘋狂，愛得可怕。她把艾絲黛娜的手往胳膊一夾，緊緊地抓在自己手裏，催着艾絲黛娜向她報告已經迷倒了多少男人、他們的身分和姓名。她津津有味地聽着，眼睛裏閃耀着幸災樂禍的笑意。

　　這當中，最難受的當然是我。然而，折磨我的事

情還在後頭。

有一次，我們在林鳥俱樂部聚會。忽然，主持人宣布，朱穆爾先生要為一位小姐乾杯。俱樂部常常有這種儀式的。可是，這一次使我又氣憤又吃驚的是，他竟要大家為艾絲黛娜小姐乾杯。

我非常氣憤，就站起來，大聲說：「我認識這位艾絲黛娜小姐，我不相信她認識朱穆爾，反對他為一位素昧平生的小姐乾杯！」這事引起了一陣騷動。按俱樂部的規矩，第二天朱穆爾就要拿出他認識這位小姐的證據來。要是拿不出，他就要向我道歉；反之，我就得向他道歉。

為了保護艾絲黛娜的名譽，即使是丟盡面子，我也在所不惜。可是，到了第二天，朱穆爾果然驕傲地把艾絲黛娜親筆寫的紙條拿出來了，措辭簡單而客氣，說有幸和朱穆爾先生跳過幾次舞等。這一來，我只好當眾向朱穆爾道歉了。

事情平息了，可我心裏的傷哪能平息！毫無疑問，艾絲黛娜對誰有意，都會挫傷我的心。不過，要是這人是比較高尚的人，而不是個卑鄙、粗俗的蠢

材，我也不至於那麼痛苦啊！

　　從此，我天天都見到朱穆爾在艾絲黛娜的身邊。他在狂追不捨，而艾絲黛娜則恣意玩弄他，忽冷忽熱，忽而像很深交，忽而連他是誰似乎都忘記了。我覺得事態越來越嚴重了，非得與艾絲黛娜談談不可。於是，在一次舞會上，我抓住了一個機會，和艾絲黛娜説了幾句。我説：「你累了嗎，艾絲黛娜？」

　　「那又有什麼辦法，晚上還要寫匯報呢！」

　　我説：「匯報你的勝利嗎？可惜成績不佳。你看牆角那傢伙，盡往我們這邊瞧呢！」

　　「那傢伙有什麼值得看的？飛蛾和各種醜陋的蟲都圍着蠟燭團團轉，叫蠟燭有什麼辦法！」

知識泉

飛蛾：又叫蛾子，是一種昆蟲，其中很多種屬害蟲。牠的腹部短而粗，有四個翅膀，靜止時平放在身體兩側，多在夜間活動，常飛向燈光。

　　「我求求你聽我説，像朱穆爾這種人，人家都瞧不起他呀！」我説。

　　「還有呢？」

　　「他不但外貌醜陋，而且低能，脾氣又暴躁。」

　　「還有呢？」

「他除了祖宗有錢、出身高貴以外，一無可取。」

「還有呢？」

「唉！」我真是傷心透了，「艾絲黛娜竟看上了這麼一個下流的東西，糟蹋了你的仙姿麗質，我受不了！」

「只要我受得了就行！」

「你俯就他！今晚我看見你向他送秋波、陪笑臉，你從來沒有這樣對過我！」

艾絲黛娜突然轉過身來，嚴肅認真的看着我，說：「難道你要我欺騙你、引誘你嗎？」

「哦，那麼你是在欺騙他、引誘他了？」

「豈只是他！除了你之外，對誰不是這樣呢？好了，別再談了！」

唉，除了我之外！除了我之外，我看誰也不會比我更痛苦的了！

第十四章
～ 他才是我的恩主 ～

　　光陰似箭，我已滿二十三歲了。我已經搬了家，新的住宅靠近河邊，風景相當幽雅。我還是和赫伯特一起住，現在他天天上班，工作得十分投入。至於我，因為恩主還未露面，所以我還沒去找一份固定的工作。我已經不在樸凱特那裏學習了，但我仍保持着愛讀書的好習慣。

　　一個冬天的夜裏，赫伯特到外地辦商務去了，家裏只剩下我一個人。這天一整天風風雨雨，窗外一陣陣狂風，我的房子也在風雨中搖動着。這時已是11點鐘，我合上了書本，準備去睡覺了。

　　正在這時，我聽到樓梯上有腳步聲，我頓時緊張了起來，便拿起油燈，走到門口，向樓下喊道：「是誰來了？」

　　樓下有人回答：「我找小浦先生。」

　　那人說完後，就蹬蹬蹬的上樓來了。在微弱的燈

光中，我看到了一個陌生人，年紀在六十歲左右，一頭白髮，臉膛很黑，像個飽經風霜的老水手。他一看見我，就伸出雙手要擁抱我，可把我嚇壞了。

我忙退後兩步，問：「你是誰？有什麼事？」他用手擦了擦眼睛，說：「盼了這麼久，跑了這麼遠，得來的竟是這樣的接待啊！不過，也不能怪你，等我歇口氣再說。這沒有外人吧？」

這時，我已認出他來了，原來他就是當年我曾經幫助過的那個逃犯！

他又向我走來，伸出了雙手，拿過我的手到他的唇邊吻着，說：「我的孩子，你當年的行為是多麼高貴呀！小浦，我一直沒有忘記。」

我怕他又要擁抱我，就推開他，說：「站開些！如果你還記得我，那麼你改過自新就是了，至於要感謝，那就大可不必了。既然你不遠千里來找我，我也不會拒你千里之外的，但是你務必要明白，早年我與你打的那次交道，不過是機緣巧合，現在情況不同了，我們走的是兩條路。你身上淋濕了，要不要喝杯酒再走？」

他用嘴巴咬着圍巾的角，説：「好吧，謝謝你，我就喝杯酒再走。」

我倒了杯葡萄酒給他。他一直咬着圍巾角不放，眼睛裏充滿了淚水，原來他是在克制着自己。我又是驚訝，又禁不住心軟了起來，説：「剛才的話，希望不要介意，我不是想對你不客氣。請原諒，祝你健康，乾杯！」

我向他舉起了酒杯。他這才一面喝酒，一面用衣袖抹眼淚。我問他：「這些年你是怎樣過來的？」

「在很遙遠的地方，牧羊和幹其他的苦工。」

我記起了一件事，便説：「記得有一次你叫人送了兩鎊錢給我。當時，對一個窮孩子來説，這算得上是一筆小小的財產了。不過現在我的日子過得不錯，這錢我現在就還給你，請你送給別的窮孩子吧！」

我把兩張嶄新的一鎊鈔票遞給他，他用一極奇怪的眼光望着我，隨手拿起鈔票，放在油燈上燒掉了。然後，他又説：「恕我冒昧，請問，你的日子是怎麼

好起來的？」

　　我無可奈何地告訴他，是有人看中了我，要我繼承他的產業。他問是什麼產業，我說不知道。

　　「那麼，可不可以讓我猜猜，你成年以後的每年收入，第一個數字是『五』吧，對不對？」他說。我的心開始跳動了。

　　他又說：「你成年之前，一定有一個監護人，這個監護人大概是個律師，他的姓名的第一個字是『賈』吧？」

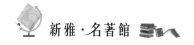

　　天啊，我感到暴風雨已降臨到我頭上了！ 他又說：「如果那個看中你的人從賈格斯那裏得到了你的地址，就遠涉重洋來找你，你會怎樣對他？」

　　我已經沒辦法再支持了，只覺得一陣天旋地轉，他把我扶到沙發上。

　　「小浦啊，是我一手把你培養成上等人的！那次我發了誓，只要我發財，就得讓你也發財！為了讓你過得舒適，我省吃省用，我苦幹死幹，就是為了讓你不必幹活。我這麼做不盡是為了要你感激我，而是讓你知道，你當年救過的那隻喪家犬，竟抬起頭來做人，而且培養出上等人來了！

　　「小浦，我就是你的第二個父親，你就是我的兒子啊！我在牧羊的時候，天天見不到人，連人的模樣都記不得了，但總是看見你的樣子。任何時候，我的腦海裏都會出現當年霧氣濃濃時看見你的樣子。我發過誓一定要把你培養成上等人。瞧！你這兒的住宅，就是給**王爺**①住他也挑剔不了啊！看看你手上戴的這

_____

① **王爺**：與國王有血統關係或有王爵封號的人。

隻戒指，這才是上等人戴的！這書架上的書你都讀過
了嗎？你應該讀給我聽聽呀！哪怕是外文的，我聽來
也是好聽的。」

他又拿起我的手到他的唇邊去吻，這時我全身的
血都冰涼了。

他又用衣袖抹了抹眼睛和前額，說：「孩子，你
最好先別說話，定下心來。你跟我不同。我日盼夜盼
這一個日子，你可沒有這個思想準備吧？做夢也沒有
想到培養你的人是我吧？」

我說我的確萬萬沒有想到。 他無比興奮地繼續說
道：「你這個上等人，有誰比得上！我在那裏做苦役
的時候，見到那些在我面前趾高氣揚的傢伙，我心裏就
想，你們算什麼！你們只拿得出畜牲、牧場，你們能拿
得出一個有學問的人來，拿得出一個倫敦的**紳士**①來？
我日盼夜盼回來看看我的孩子。現在終於成功了！孩
子，你打算把我安置在什麼地方？」

我說，就住在赫伯特的房間，這幾天他不會回來

---

① **紳士**：舊時指在地方上有勢力、有功名、有名望的人。

的。他很嚴肅的對我説：「孩子啊，你可要小心，一不留神就會送命的。」

「為什麼？」

「我本來判的是終身放逐，偷跑回來被抓住就要被絞死。我是冒着極大的風險回來的。」

唉，我還有什麼話可説！這可憐的人，捱了半輩子就是為了我。如今為了來見我，把生命都交給我了。

安置好他後，我重新坐在爐火旁。這變化來得太突然了！對郝薇香小姐的想像，真是一場夢！她何嘗把艾絲黛娜許給我！無非是利用我這傻瓜，來試試她的手段罷了！而最令我心痛的是，為了這糊塗的想法，竟疏遠了我的好朋友喬！我想着想着，不知不覺地睡着了。一覺醒來，天還沒亮，我首先考慮的是如何採取防範措施，保護這位不速之客的安全。

藏在家裏是不行的。雖然我那淘氣的僕童已被解僱了，卻又僱用了一個鄉下老媽了，這老媽子又帶了一個姪女來幫手，平常總是偷東摸西的貪點小便宜，因此很不可靠，給她們知道了底細可不行。

　　狂風暴雨仍沒有停，那個老婦人和她的姪女出現了，我告訴她們，我的伯父從鄉下出來了，打發她們去弄點像樣的早餐來。

　　那人從房間裏出來了，他一坐上餐桌，我就說：「我還沒請教你的尊姓大名。我告訴別人，你是我的伯父。」

　　「好極了！孩子，就叫我伯父吧。」

　　「我想，你總有個姓名吧？」

　　「是的，我的名字叫駱威斯。」說完了，他就迫不及待地去吃早餐。吃完後他又握住我的手，嘖嘖的稱讚道：「唉，小浦！我對你什麼要求都沒有，只要能站在一旁看看你，就心滿意是了。不過，我可不願意看到我親手培養的上等人在泥濘的街上走，決不能讓他的皮鞋沾上泥巴。小浦，你得買馬、買馬車！」

　　他從口袋裏掏出一個又厚又大的皮錢包，扔在桌子上，說：「這是你的，夠你花上好一陣子了。我掙來的一切都是你的，而不是我的，比起你，其他人都是混蛋！王八！」

　　我又害怕、又厭惡，像瘋了似的對他說：「別說了！我要弄清楚下一步該怎樣辦，怎樣才能避開危險！」

　　他一聽我叫他別說話就愣住了，然後低聲的說：「孩子，你別計較，你成了上等人，我真不該在你面前說下流話，你不計較吧？」

　　我說：「我才不會跟你計較呢！不過你要住多久？」

　　他沉下臉來，說：「住多久？我來了就不回去了。」

　　「那麼，你認為住在哪裏才安全呢？」

　　「你去買點化裝的東西，假頭髮、黑衣服和黑眼鏡之類的，好多逃回來的人都是這樣的。至於住在哪裏、怎麼生活，這就聽你安排了。我是一隻飽歷風霜的老鳥，各種各樣的羅網都闖過來了，以後就聽天由命，走一步算一步了。」

　　後來，我把他留在家裏，就上街買化裝的東西去了。至於怎樣安排他，我想等赫伯特回來，大家商量後再決定。

第十五章

駱威斯的苦難經歷

接下來的這幾天，我真是度日如年。我真想丟下一切，跑到印度去當兵算了。

一天傍晚，我和駱威斯都在打瞌睡，忽然，樓梯裏響起了腳步聲，駱威斯被驚醒了，馬上握緊了他的小折刀。

我急忙説：「別緊張，是赫伯特回來了。」

果然，正是赫伯特興高采烈的走上來了。我還沒來得及介紹，駱威斯就把一本油膩得發黑的《聖經》放到赫伯特面前，説：「別慌，你拿着這本書發誓，如走漏風聲，就被天雷劈死！現在，吻吻這本書吧！」

赫伯特惶恐不安的看着我，我叫他照辦就是了。駱威斯便滿意地和他握手作了自我介紹。

晚上，赫伯特在我的房間裏另外鋪牀睡覺。等駱威斯睡着後，我們便談開了，我告訴赫伯特，我寧可

今後不要這個人的幫助，我寧可把以前用過的錢還給他，但我現在無能為力……我説着説着就哭起來了。

赫伯特十分同情我目前的處境，他安慰我説：「不如你到克拉瑞的公司幹點差事吧！你知道，我正在想辦法入股呢！」

唉！可憐的赫伯特，他做夢也不會想到那拿錢幫他入股的人就是我！也許今後連他的這個好工作也保不住了。

赫伯特又説：「不過你還得想一想，這麼多年來他歷盡千辛萬苦，就是為了你；如今冒着生命危險來到這裏，也是為了你。一旦你拒絕了他的好意，他的希望落了空，他就沒有繼續生存的意志，他就會去自首的。這些你想過沒有？」

我怎能不想呢？萬一他在這裏自首或是給人家抓住了，那豈不是我害了他嗎？太可怕了。

「我看，現在你的命運已和他的命運連在一起了。目前，最重要的是幫他脫離險境，離開英國。當然，你得與他一起走，這樣他才肯離開。至於你想不想跟他在一起，那是今後的事了。」赫伯特説。

我想也只有這麼辦。可是，對這個人的身世我們一無所知，我們要設法讓他説出來。第二天，駱威斯起來吃早餐了。他興致勃勃地催我趕快用他那皮夾子的錢，勸我另租一間更體面的屋子，好讓他在那裏「搭個鋪」。

趁這個機會，我便問他：「記得我在沼澤地裏遇見你時，你和一個人扭打成一團，這是怎麼一回事？」

這句話引起他的思潮起伏。他對着壁爐看了一會兒，然後説：「好吧，我就把我的身世告訴你們。

「我不知道自己是怎樣降生到這個世界上的，反正有一個補鍋匠生下我後，就不要我了，丟下我來挨飢受寒。為了活命，我偷蘿蔔吃，給人家抓了起來。從此，我總

知識泉

補鍋匠：鐵鍋是用鐵做成的煮飯、煮湯和燒水的用具，形狀為圓形，中間凹下去。由於是架在火爐上燃燒，所以用久了，就容易燒穿洞，這就需要修補。從事修補工作的人，就叫補鍋匠。

是被抓進**牢房**①，又放出來；再被關進去，又再被放出來。

　　「少年時代我就是這樣，流浪、討飯、做賊，有時能找到短工就做短工。後來，遇到一個**逃兵**②教我認識字，我開始走上正道，犯罪也少了。

　　「但是一天，我遇上了一個人，他叫康佩生，就是那天和我扭打的那個人，從此我的一生都給他毀

---

① **牢房**：又叫監獄，是用來監禁犯人的場所。
② **逃兵**：在當兵期間，偷跑出去逃避服兵役的士兵。

了。這人擺出一個上等人的架勢，有文化，能說會道，人也長得不難看。他身上還掛着懷錶，手上戴着戒指，可神氣了。他對我說：『你好好跟我幹，那你就會時來運轉的。』從此，我就成了他的手下，做了他的工具。不過，受罪的往往是我，享受的卻永這是他。他無惡不作，偽造證票、詐騙、印假鈔票等，樣樣都把我拉進去。

「他有一個伙伴，名叫阿瑟。他們兩人互相勾結，騙了一個有錢女人的錢。那些錢都給康佩生賭錢花光了。那個阿瑟就作在康佩生的家裏，害着癆病，發着酒瘋，康佩生都不大理他。他就是這樣鬧着，康佩生也沒有幫他治病，後來他就死了。

「總之，為了康佩生，我替他擔過不少罪名，而他卻什麼也不用承擔。有一次，他和我都被抓起來了，我請了賈格斯當我的辯護律師。可是再好的律師又有什麼用呢？！你看看我們兩個人：康佩生的頭髮油亮，一身筆挺的西裝，說起話來文縐縐的，還不時引用名句名言，完全是一個上等人的模樣。他列舉出他認識的朋友和同學，不是在這裏做官，就是在那裏

做生意。而我呢，一身破爛，説話粗俗，沒有高貴的朋友，有的只是犯罪的記錄。這是多麼強烈的對比啊！

「那康佩生的律師就説：『法官大人，諸位先生，請看這兩個人，這一位年輕而受過良好的教育，那一個老奸巨滑舉止粗鄙，他們的社會身分都應該考慮呀！這一個無非是交了壞朋友學壞了；而那一個卻是罪無可恕了。』如此這般，最後，法庭的判決書下來了，説康佩生本來是很有前途的，偶而犯罪，深為惋惜，只判了七年徒刑；而我呢，是一個窮兇極惡的慣犯，只能從罪惡走向罪惡，因而重判了十七年徒刑。

「唉，孩子！你可以想像得到我當時的憤慨。這就是我在沼澤地裏見到你之前的事。當時我是要把他抓回水牢船去的，但那次的結果又是他佔盡了便宜，他説由於我存心要殺他，嚇得他神情恍惚，才逃了出來。因此，他被從輕發落；而我卻罪上加罪，判了個終身監禁。這些過去的事可怕吧？咳！都過去了，過去了！我再不會被終身監禁了！」

他長長地舒了一口氣，然後拿出了煙斗，裝上了煙絲，悠然自得地吸了起來。

我便問道：「康佩生死了嗎？」

「鬼才知道！從那次之後，我就沒有他的消息了。」

這時，赫伯特在一本書的封皮上寫了些字，趁着駱威斯吸煙的時候，把書遞給了我，只見上面寫着兩行字：「郝薇香小姐的弟弟就叫阿瑟，康佩生就是郝薇香小姐當年的未婚夫。」

第十六章
別了，艾絲黛娜

聽了駱威斯的敍述，我又增添了新的恐懼。既然康佩生沒死，那麼只要他知道駱威斯的下落，就一定會去告密。所以，出國是刻不容緩的了。

我在駱威斯面前沒有透露過艾絲黛娜和郝薇香小姐的事，但事到如今，無論如何，我得先去見見她們。

我到了雷溪芒那裏去找艾絲黛娜，她的女僕告訴我，她到郝薇香小姐那去了。於是，我對駱威斯撒了個謊，説到鄉下去看喬。

這天，天一亮我就起程了。到了藍野豬飯店時，卻見一個人從大門走出來，嘴裏叼着雪茄煙。

這不是別人，正是我的死對頭朱穆爾。他為什麼到這裏，應該是最清楚不過了。

知識泉

雪茄煙：是一種捲煙，用煙葉捲成。煙味比普通捲煙濃烈得多。古巴的哈瓦那雪茄是最為有名的。

　　他裝着沒看見我，卻大聲地吩咐飯店的侍應：「噢，伙計！我今天不在這裏吃午飯，上郝小姐家去吃。」他説了一次還不夠，又重複了一遍。我知道，他這是有意做給我看的，但我卻沒有理會他。

　　我到了郝薇香小姐家裏時，她們正坐在一起談着什麼，一看見我進來，就互相遞了個眼色，顯然，她們都發現了我的臉色不大對頭。我説：「郝薇香小姐，我有幾句話要跟你説。既然艾絲黛娜來了，那就一起聽着吧！我要問問你，當時我是一個鄉下孩子，你找我不過是想花幾個錢，來滿足你的某些要求和幻想，而不是真的想將我帶進上流社會，更不是想將艾絲黛娜許配給我……」

　　她點點頭。

　　「我一開頭就想錯了。但你至少是有意引我往錯裏想，讓我誤會你就是我的恩主的，是吧？」

　　「不錯，我是有意叫你錯下去。」

　　「這也算好心待人嗎？」她勃然大怒道：「我是什麼人，我為什麼要好心待人？！好啦，你還有什麼話要説的？」

　　這時，我突然產生了一個想法。於是，我等她平靜下來後，就說：「你別生氣，你使用了我，也給過我報酬了。我要問的是另外一件事：你當時引我錯下去，是否也想懲罰一下你的親戚？因為他們都在覬覦你的財產，你想做出一個假象給他們看。」

　　「他們這些人是自討苦吃，我何苦要阻攔他們！」

　　我說：「郝薇香小姐，儘管你有一批拍馬奉承你的親戚，但我覺得，樸凱特父子與他們是完全不同的。」

　　她用犀利的眼光看着我，說：「你要為他們提出什麼要求嗎？」

　　「我要請求你拿出一筆錢來，幫助赫伯特創造一番事業。但是，只能悄悄地辦，因為我不想讓他知道。這事兩年前我已開始這樣做了。不過，現在因某些原因，不能辦到底了。」

　　她迷迷惘惘的望着爐火，過了一會兒，她又問：「還有呢？」 我極力控制着自己，把臉轉向艾絲黛娜，說：「艾絲黛娜，我愛你，一直深深地愛着你。

你是知道的，不過由於長期的錯覺，我以為你是許給我的，所以我才不説。現在不得不説了。」

艾絲黛娜一直在編織着什麼，毫不動情，這時只是搖了搖頭。 我繼續説道：「我不指望你屬於我，我也不知道今後要流浪到哪個天涯海角，但是我永遠愛你，自從在這裏第一次看見你時，我就愛上你了。郝薇香小姐要是事先想到這嚴重的後果，用這樣的手段來捉弄一個感情脆弱的窮孩子，未免太狠心了。可能，她只看到自己的感情受折磨，卻忘記我也會受折磨的。」

郝薇香小姐用手按住了胸口，一會兒看看艾絲黛娜，一會兒看看我。 但艾絲黛娜卻鎮靜自若的説：「看來，我是無法理解什麼感情和幻想之類的東西。你説愛我，我最多只能理解它字面上的含意。你打動不了我的心，你的話我根本不會放在心上，我不是早就警告過你了嗎？」

「艾絲黛娜，你決不是那樣的人！」

「不！恰恰相反，我從小就被培養成這樣的人。」

　　「聽説朱穆爾要到這來吃飯，你總不見得愛上他吧？你總不見得要嫁給他吧？」她放下手中的東西，朝郝薇香小姐看了一眼，然後怒氣沖沖地對我説：「是的！索性告訴你吧，我就要嫁給他了。」

　　聽了這話，我頓時痛苦極了，雙手捂着臉，肝腸寸斷的説：「我最親愛的艾絲黛娜，你不要讓郝薇香小姐牽着你的鼻子走，你可以把我扔開，可是你為什麼要嫁給這樣一個畜牲啊！郝薇香小姐把你許給他，無非是想傷害另一些傾心於你的人。可在這些人當中，也有一些像我那樣真摯地、深情地愛着你的人！」

　　我的話也許觸動了艾絲黛娜，她驚訝地看了我一眼，語調變得柔和了，她説：「不要冤枉我的舅媽，這完全是我自己決定的。她本來還叫我等一等。可這樣的日子我實在厭煩極了。請放心，我不會使他幸福的。決不會！來，孩子，和我握手告別吧！你這愛幻想的孩子——哦，應該叫你大人了吧？不用一個星期，你就會把我撇在腦後了。」

　　我的眼淚大滴大滴的落在她的手上。

「把你撇在腦後？你是我的生命，我的希望！我這下賤的孩子，第一天你就傷透了我的心。從那以後，每當我看書時，字裏行間就浮現出你的身影；我看到的一切景物，大河上，船帆上，沼澤地上，雲霧中，白天黑夜，森林大海，大街小巷，哪兒沒有你？！過去是這樣，今後也會這樣！艾絲黛娜啊，直到我臨終的一刻，我也會想着你，而且只會想着你的好處。儘管現在我的心裏像刀割一樣難受。願上帝保佑你，願上帝寬恕你！」

我不知道自己為什麼會說出這些話來，我已經無法控制自己了。艾絲黛娜只不過用似信非信的眼光看着我，而郝薇香小姐卻一直都用手按着胸口，像具**幽靈**①一樣望着我。我毫不停留，連馬車也不等，就一直走回倫敦。到了家門口，已經過了半夜。門房遞給我一封信，説：「有個人把這封信給你，叫你馬上在這裏看的。」

---

① **幽靈**：又叫幽魂。在迷信的傳説中，認為人死了以後，靈魂就會脱離出身體，變成了幽靈，到處遊蕩。在中國，則把幽靈稱為「鬼」、「鬼魂」。

我一看信封，上面寫着「請即拆看」。原來是文米克寫的，信上只有一句話：「不要回家。」

我馬上找了一間旅館住了一夜。天一亮，我就趕到文米克家了。 文米克見到我後，就緊張地說：「昨天我聽說你的住宅受到監視了。」

「受到誰的監視？」

「這我就不清楚了。」

我感謝他的好意。他告訴我，他已和赫伯特商量過了，已經把駱威斯轉到赫伯特的未婚妻家裏。那裏是河邊，又是荒野，不那麼容易引起別人注意。今晚我回家前，不妨去看看駱威斯。 赫伯特的未婚妻克拉娜的家在河邊一個造船廠附近，那裏到處是爛木頭和生繡的鐵片，周圍只有幾間簡陋的住宅。

我敲了敲門，赫伯特便走了出來，領我到客廳裏。他說，克拉娜出去買菜了，等一會兒她回來後就介紹給我認識。不久，克拉娜回來了。她是一個十分秀麗、身材苗條、樣子溫順的姑娘。赫伯特立即體貼備至的幫她接過菜籃子，還紅着臉給我介紹。看着他們恩愛的樣子，我暗自發誓，怎樣也得為這對戀人做

件好事！我走上三樓，見到駱威斯正舒舒服服的住在這裏，並沒有顯出什麼驚慌，樣子比初來時溫和多了。我告訴他，文米克叫我們暫時避避風頭，既然我受到懷疑，那還是少跟他接觸為好。從長遠來看，還是把他送往國外好，我還補充說我當然也與他一起走。目前的環境既然那麼不安寧，那就不要搞什麼排場和享受了。

駱威斯心安理得的聽我安排，他說他這次回來是冒臉的，不願意再險上加險。既然有這麼多人關心他，他就不擔心自己的安全了。赫伯特這時想出一個好主意，既然他和我都是划船能手，可以親自划艇送駱威斯出國，就可以避免僱船和船夫的麻煩。我們大家都同意了。

於是我們訂下了一個計劃，由我負責弄一條小艇來，每天都和赫伯特在河裏做划艇的練習，從倫敦一直划上去，又划下來，反覆來回划，這樣就可以蒙騙人們，造成假象。當人家對我們不懷疑時，我們就可以順利進行出國的計劃了。

第十七章
最後的醒悟

我開始實施那划艇的計劃了，而且常常是冒着雨雪和寒風去划艇。一連幾個星期，都沒什麼意外。我們約好由文米克負責探聽消息和由他決定出發時間，但一直還不見他來，所以只好耐心的等待。

那個脹鼓鼓的皮夾子我還給了駱威斯，我不能再用他的錢了。雖然這時我又是債主滿門，我也只好變賣一些珠寶來應急。

一天下午，當我把小艇停好後，正沿着馬路走時，有一個人用手搭在我的肩上，這人就是賈格斯。

「小浦，你還沒吃晚飯吧？到我家去吃，文米克也去。」

我原想推卻，但聽說文米克也去後，就跟着他走了。 我們剛一開始用餐，賈格斯就問文米克：「郝薇香小姐的那封信，你交給小浦先生了嗎？」

文米克回答說：「我剛準備寄，你就把小浦先生

帶來了。信在這裏。」

賈格斯説：「郝薇香小姐不清楚你的地址，所以叫我轉交。她想見見你，談談你提過的一件小事。你打算走一趟嗎？」

文米克説：「如果小浦先生馬上去，那就不用回信了。」我領會他的意思是要我儘快去，因此我就説明天走。

賈格斯的女管家茉莉把飯菜端上來了。這女人年紀在四十歲左右，身材高挑，臉色蒼白，一雙大眼睛黯淡無神。她似乎很怕賈格斯，每上完一道菜，就不聲不響地站在一邊，直到賈格斯作出手勢後她才敢離開。

她的樣子引起了我的注意，我驚訝地發現，她那雙大眼睛，那一頭飄逸的秀髮，和我日夜思念的美人多麼相似！她來來回回走了幾次，我越看越懷疑：這個婦人説不定就是艾絲黛娜的母親！

吃過了飯，我和文米克一起離開了。我向文米克問起茉莉的身世。

「這個女人大概在二十年前，因殺人罪被起訴，

後來由於賈格斯的辯護，得到無罪釋放。當年，她的樣子非常漂亮，身上有着吉普賽人的血統，這種人的性情非常剛烈，天不怕地不怕的。」他說。

我問他：「她殺的是什麼人？」

「是另外一個女人。當時茉莉嫁給了一個浪蕩漢子，她的妒性十分厲害，那個被殺的女人想勾引她的丈夫，結果被茉莉抓得遍體鱗傷，被扼住了喉嚨致死。我還聽說茉莉有一個孩子，現在不知下落了。」

「是男孩還是女孩？」

「是個女的，當時才兩三歲左右。」

第二天，我乘馬車去郝薇香小姐家。

在郝薇香小姐的房門前，我敲了敲門，沒有應聲，我透過門縫往裏看去，見到郝薇香小姐正坐在壁爐前的一張破椅子上，對着爐火出神。看到她如此慘淡的情景，即使她曾經如何傷害過我，我都不能不動惻隱之心的。我進去後，告訴她我來了，然後在另一

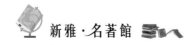

張破椅子上坐了下來。

她好像有些害怕我似的，眼睛只看了我一下就避開了，低着頭説：「我請你來談談，讓你明白我並不是個鐵石心腸的人。當然，你此刻不會相信我心裏還有一絲一毫人情味的。我希望你説説怎樣幫助你朋友的事。」

我便把我如何暗中幫助赫伯特入股的事告訴她，並説由於我目前的處境，再也無法資助他了，希望能得到她的幫助。

「還缺多少錢？」

「九百鎊！」這麼大的數目，我好不容易才説得出口。

「如果我給了這筆錢，你了卻心願，你能不能也替我保守秘密？」

我答應了。因為如果赫伯特知道這是赫薇香的錢，他説不定不肯要呢！

她又説：「那麼，除了你的朋友外，難道你沒有什麼要我幫忙嗎？」 我説真的沒有什麼要她幫忙的了，但我仍謝謝她這樣問我。

她立即站起身來，從口袋裏掏出一個用象牙作封面的小本子，又從吊在脖子上的一個發黑的金盒子裏掏出一支筆，在上面寫起來。她叫我拿這個本子作憑證，到賈格斯那裏去要錢。

知識泉

象牙：大象的門牙，略呈圓錐形，伸出口外，質地堅硬、潔白、細緻，可以製成工藝品，也有一定的藥用價值。

我伸手去接那個本子的時候，發覺她的手抖得很厲害。

她說：「我的名字就在第一頁上面。哪一天你肯在上面寫上『我原諒她』幾個字，那便是我最大的安慰了。」

我被她的真情深深打動了。我急忙說：「我現在就寫。郝薇香小姐，我們誰都難免做過錯事，想起來真叫人傷心，我要別人原諒我還來不及，哪能埋怨你呢！」

她這才敢用眼睛看着我，看着我在本子上寫字。當我寫完後，突然，她向我跪了下來，向我合着雙掌。我哪能讓這白髮蒼蒼的女人跪在我面前啊！我急忙用雙手把她扶起來，哪知道她牢牢抓住我的手，竟伏在我的肩膀裏大哭了起來。這是我第一次看見她

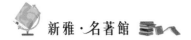
哭。我想，哭吧，哭吧，讓她痛快地哭出來會好受些。

她哭着哭着，絕望地喊着：「啊，我怎麼會做出這種事來！我怎麼會做出這種事來！」她又定眼看着我，説：「那天我聽到你説的話，那都是我破碎的心裏要説的。我這才明白自己都幹了些什麼！我怎麼會做出這種事來！」

「你不必為我而難受了。但是，對於艾絲黛娜，你不能搭救她嗎？」我説。

「她剛來這裏時，我是想搭救她的。後來，她長得越來越漂亮了，我這才

產生了另一種想法，我引導她不要像我那樣相信男人，……我就這樣偷走了她那火燙的心，而把一塊冰塞了進去！我怎麼會做出這種事來！」她的眼神更黯淡了。

我問她：「你能告訴我艾絲黛娜究竟是誰的女兒嗎？」

她搖了搖頭，說：「那時我很孤獨，我對賈格斯說，我想領個女孩子來撫養，使她不像我這樣命苦。一天晚上，賈格斯就把她抱來了。」

「那時她幾歲？」

「大概兩三歲。我也不知道她的身世，聽賈格斯說她是個孤兒。」

我再沒有別的話說了，就向她告別了。

當我經過那荒涼的花園時，回想起與艾絲黛娜初次認識和被她欺侮的情景，我慢慢地走出了宅院。突然，傳來了郝薇香小姐的尖叫聲，我急忙折回頭，衝了上樓，原來郝薇香小姐的衣服被蠟燭的火頭燒着了。她一見到我就尖叫着向我奔來。

我把大衣脫了下來，撲打她身上的火，又把那張

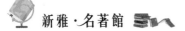

大枱布也拉了下來蒙住她。那枱布一拉，上面的那堆破爛東西都被拉了下來。她身上的舊婚紗也化為灰燼了。

這時候僕人們都來救火了。一會兒，醫生也來了。郝薇香小姐昏迷不醒，我的雙手也被燒傷了。醫生把郝薇香小姐放到了那張長桌子上，就把長桌子當手術枱。她全身紮着繃帶，外面還鋪着一條白被單，使我想起了多年前她生日那天説過的話。

後來，她醒過來一陣，又昏迷了，昏迷中總是反覆説着三句話：「我怎麼會做出這種事來！……當初我本來是想搭救她，免得她受苦受難的。……我原諒她……」直到我向她吻別時，她仍是説個不停。

而我，由於心裏還擱着一件使人焦急的事，第二天就離開了。

第十八章
艾絲黛娜的身世

我雙手的傷勢不輕，尤其是左手，兩雙手都要纏着繃帶。這時，赫伯特使成了我最貼身的「護士」。

我見他的第一件事就是問問他駱威斯是否安全。他回答說駱威斯平安無事。他還說昨天晚上陪駱威斯坐了兩個小時，駱威斯把自己的一段傷心史告訴了他：駱威斯曾經和一個年青漂亮的女人住了四、五年，這女人是一個性格剛烈、愛吃醋的人。有一次，她因為妒忌而殺了一個女人，被法庭控告了。他還有一個女兒，那女人威脅說要把女兒也掐死。後來那女兒真的不見了。那女人雖然犯了罪，但駱威斯還是愛她的。他怕法庭要他出面證實她曾經說過要掐死女兒，就躲起來不出庭。那女人後來雖然沒有被判罪，可是自此就失蹤了，可憐的駱威斯從此就剩下一個人了。

「這件事引起了兩個後果：第一，那個康佩生就

是抓住駱威斯不敢暴露自己的弱點，威脅他做許多犯罪的事；第二，就是在幾年之後，駱威斯在沼澤地上遇見了你，想到了自己的女兒，要是活着正是你那個年齡，這就是他為什麼會對你如此深情的原因。」赫伯特説。

啊，我完全明白了！

我到了賈格斯的律師事務所，把郝薇香小姐那裏發生的事，一點細節都不漏的向賈格斯報告了，然後把那個象牙封皮本子交給了他，他看了便叫文米克簽字。文米克把那九百鎊的支票交給了我，話中有話的説：「真可惜，沒能替你效勞。」

我説：「郝薇香小姐當面問過我要不要她幫忙，我謝絕了她。而她把她養女的身世都告訴了我。不過，她那位養女的情況，我比郝薇香小姐還了解，我知道她的親生母親是誰！」

「是嗎？」賈格斯問道。

「是的，兩三天前我還有見過她。」

賈格斯還是無動於衷地説：「是嗎？」

我説：「我還認識她的父親，他的名字就叫駱威

斯！」

我這一説，果然把他嚇了一跳，但他很快又用十分冷靜的腔調説：「那麼，駱威斯憑什麼證據這樣説？」

「這不是他提出的，他根本就不知道他的女兒還活在世上。」

我就把我調查到的所有情況都對他説了。然後，我説：「賈格斯先生，你做過我的監護人，我的經歷和我的『美夢』你都清清楚楚，我對艾絲黛娜的感情你也是清清楚楚的。我想知道她的一切！」

這話對賈格斯終於產生了作用，他居然歎了口氣，説：「小浦，我們暫不談什麼『美夢』吧！我可以向你提供一些假設，你聽着：假設有一個女人，為了替自己辯護的需要，不得不把自己孩子活着的事告訴了她的法律顧問，而這個法律顧問又受了另一個脾氣古怪的女人的委託，要找一個孩子來養。假設這個法律顧問經常看到不少因家庭有缺陷的孩子，或流落街頭，或因偷竊而被審問、挨鞭子、坐牢甚至上絞架。而在一羣可以搭救的孩子中，假設有一個很漂亮

可愛的女孩子，她的爸爸以為她死了，她媽媽又犯了罪，無法照顧孩子，只有求助於她的法律顧問。那法律顧問為她想了很多辦法，對她說，你還是捨棄了那孩子吧！如果你得救，孩子也得救了；萬一你不得救，孩子還可以得救。那個女人就照此辦理，孩子就給了別人撫養，後來她也開脫了。」

「我完全明白你的意思。」我說。

「小浦，那女人受了重大的刺激，精神已經有點失常，假如她知道了女兒還活在世上，卻又不會與她相認，她會徹底垮掉。我想她還是照目前的樣子生活下去比較安全。至於那女孩子，我看她知道後也沒什麼好處。她好不容易才平安無事地度過了二十年，現在給丈夫知道了她父母的底細，豈不叫她丟臉？」

他不再等我回答，就跟文米克對起賬單來了。聽了這番話，我不再說什麼了。

文米克趁我拿支票時，悄悄對我說：「小浦，我要是你，就把一切財產都抓到自己手裏。」

　　我知道他這是在暗示我要把駱威斯的錢拿到手，但我決定還是讓他做傍身之用。可憐的人，我還能再用他的錢嗎？

　　我帶着那張支票去找克拉瑞，他告訴我，公司的業務有了發展，要在東方設立一個分公司，赫伯特既然是一個新股東，正好派他負責那裏。

　　這消息到了晚上又由赫伯特興致勃勃地向我重複了一遍，他還不知道我是幕後的策劃者呢！

　　不久，我的傷稍好一些了，但還是不能划槳。在一個星期一的早上，我終於收到了文米克的信，信上簡單寫着：「本星期三可以一試。」

　　由於我的手還不能划槳，所以我就和赫伯特商量，最好還是不請船夫，而是請我們的老同學史達陀來幫忙，過後才把事情真相告訴他。

　　那麼上哪裏去呢？漢堡也好，鹿特丹也好，總之離開英國就行。

知識泉

漢堡：德國的城市，位於歐洲的中部，人口有160萬，是德國的商業中心和造船基地，歐洲的第二大港口。

鹿特丹：荷蘭的一個城市，位於歐洲的西部，人口有57萬，是世界上吞吐量最大的海港城市之一。

外國的大輪船都在落潮時分開出倫敦，我們可以先划
艇到一個僻靜的地方住下來等着，到大輪船經過時再
划出去，然後轉上大輪船。我算了一下時間，查到了
有一隻開往漢堡的船這幾天會經過，我還把船的顏色
也查清楚了。

赫伯特也得到史達陀的同意了。我便叫赫伯特
通知駱威斯做好準備，等星期三一看到我們的小艇靠
岸，便立即上船。

第十九章
駱威斯的結局

　　星期三來到了。二月正是春暖乍寒的時候，我穿起一件厚呢子大衣，只帶上一個小包裹，其他的東西全都留下了，今後怎樣生活我也沒有加以考慮，一心一意只想着怎樣才能使駱威斯脫險。這可憐的人！

　　我和赫伯特、史達陀上了小艇，到了下午，駱威斯上來了。他穿了一件水手斗篷，帶着一個黑帆布挎包，就像一個飽經風霜的水手。

　　他一坐下來，就摟着我的肩膀，説：「好孩子，有良心的孩子，你幹得真好，謝謝你！」 這

知識泉

斗篷：一種寬鬆的外衣，套在衣服的外面。有各種各樣的形態、長度、質地和樣式，大多是無袖的，主要用作擋禦風寒。

天，河上的船特別多，我們的小艇在大小船隻中穿行。我一直在提高警惕，四處瞭望，沒發現有人跟蹤。奇怪的是駱威斯，一直是處之泰然。

　　他説：「唉，孩子！你不會像我那樣，對自由的

體會那麼深的！我大半輩子都面對四堵牆，現在，能自由自在地坐在自己的孩子身邊！——今後，我再也不會走錯路了！」

我說：「要是一切順利，那麼真正的自由不久就到來了。」

我們一直划到了晚上，這晚沒有月光，夜裏一片漆黑。這裏是走私犯和海關緝私人員經常出沒的地方，在這看不見人影的夜裏，我們都疑神疑鬼，怕有人追蹤，更增加了對夜色的恐懼。

最後，河岸上出現了一點燈火，我們終於找到了一間非常簡陋的旅舍。旅舍裏什麼客人都沒有，只有店主夫婦和一個小伙計。我們便在那裏吃了一頓飯並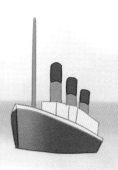租下了房間。這裏大概是專門提供給走私的人租住的，就連那小伙計對海關緝私人員都懷有敵意。他問我們一路上有沒有看到一艘四槳大艇。他説，這大艇不知打的是什麼主意，本來它是往上游去的，後來又改變為往下游走了，因此他斷定一定是海關的緝私人員，可能在四處搜索，或是在打埋伏。

這小伙計的話引起我們的不安。我們商量了一下，最後決走還是住在這裏等候。

到了第二天下午一點十，終於出現了大輪船的黑煙，有兩艘大輪船正向我們這邊駛來，其中一艘就是我們期待中的漢堡船，我們便划起小船迎了上去。

正在這時，一艘四槳大艇出現了，正飛也似的朝我們這邊划來，我們立即加快划槳，以爭取時間。

眼看我們就要接近大輪船了，這時，那大艇上有

人往我們這邊喊話了：「你們船上有一個潛逃的流放犯駱威斯，我們是來逮捕他的，請各位協助。」

說時遲，那時快，那大艇已靠近我們，一個警官伸手把駱威斯的肩膀拉住。頓時，兩隻艇都在水裏打轉。突然，駱威斯掙脫了警官的手，一躍而起，跳到那隻大艇上，把坐在警官後面的一個人的斗篷扯了下來。原來那正是康佩生！多年不見，他的臉色又青又白。

這時，只聽一聲驚呼，河上嘩啦聲響，水花四濺，我們的艇下沉了。

我掉下水後，拼命掙扎，一轉眼就被救上了大艇。我定眼一看，赫伯特和史達陀也在艇上面，兩人身上都濕淋淋的，而駱威斯和康佩生卻不見了。

大艇駛離了大輪船附近，我們都望着艇後的河面，尋找那兩個人。不一會兒，看見有一堆黑呼呼的東西向我們漂過來，那舵手連忙把艇彎過去截住它，

　　我一看，原來這是駱威斯。那些人把他撈了上來，給他戴上了手銬和腳鐐。而康佩生呢，卻一直沒見浮出水面。

　　大艇划回我們住過的旅舍，店主和小伙計部大吃一驚。我請求警官允許我向店主借一身乾衣服，給駱威斯換上了。他的胸部受了創傷，頭上也被划破了一道口子，傷得不輕。他說當時他一扯開康佩生的斗篷，認出他時，康佩生馬上一閃，結果兩人都掉了下水，在搏鬥了一番之後，他才甩開了康佩生而浮出水面的。

　　警官特許我送駱威斯回倫敦，而赫伯特和史達陀只能從陸路回去了。

　　我守在駱威斯身邊，他的呼吸越來越困難，越來越難受了。我讓他靠在我的肩膀上，如今我對他已毫無厭惡的心情。這可憐的人，如今又成為身負重罪的犯人，可是我覺得他對我是恩重如山，他為我付出了一切。他對待我，比起我對待喬，真是高尚得千百倍啊！

　　他牢牢的緊靠着我，對我說：「孩子，我沒有什

麼遺憾，你沒有了我一樣成為上等人。可你以後千萬不要讓別人知道你是我培養的。等我坐牢的時候，方便的話，你就悄悄的來看看我。等我最後一次上法庭的時候，揀一個好讓我看得見你的座位。此外我再也沒有什麼要求了。」

我說：「別說這些話，只要他們能讓我和你在一起，我就永遠不離開你。你待我是那麼真誠，願上帝保佑你！」

他拉着我的手，我覺得他的手在打哆嗦。他真是還在夢中，以為我可以拿到他的財產，不知道將要被沒收了。這時，我才理解當初文米克提醒過我，要把駱威斯的錢財拿到手。可惡，這一切對於我又算得了什麼呢！

我回到倫敦，立即去找賈格斯先生，請他受理駱威斯的案子，他答應了，可他認為案情嚴重，既是逃犯，又殺了人，死刑是難以避免的。他憤怒地譴責我把財產白白送掉。原來，駱威斯在外國的銀行裏存有巨款，還有不少地產，現在應全部沒收。賈格斯想爭取替我取回一部分。可是我哪裏還有心思再為自己謀

享受！我向有關官員、向首相、向皇上寫了許多申訴信，希望能赦免駱威斯的罪，因為他並非生下來就想犯罪的。

文米克也來看我，他告訴我，已證實康佩生死了。康佩生的確是一個極端狡猾的惡棍、騙子，他是從當年替駱威斯送錢給我的那個陌生人口中了解到我的情況，並猜出駱威斯已來到我身邊的。他已經監視我很長一段時間了，因此我帶着駱威斯逃走的事也逃不過他的眼睛。這些警察就是他帶來的，他要置駱威斯於死地，也想撈點立功贖罪的本錢。

赫伯特這時也來向我告別了，因為公司要派他去開羅的分公司了。

他說：「這是你最需要我的時刻啊，小浦，而我卻要離開你！」

我說：「赫伯特，我是永遠需要你的，因為我永遠愛你，現在如此，永遠也如此。」

他又說：「小浦，你的前途也得考慮啊！你如果不介意，就到我們的分公司來當一個辦事員吧。辦事員將來也可以發展成為股東的，我以前不也是個辦事

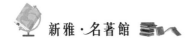

員嗎？你乾脆現在就答覆我去不去吧！」

　　我沒有做聲，他的態度更誠懇了：「小浦，我這一次先去，過一個時期就回來結婚了。克拉娜好多次跟我談起你，她說，歡迎你將來和我住在一起，丈夫的朋友就是她的朋友。我們一定會相處得很好的。」

　　我由衷的感謝他們，祝福他們。可是，我告訴他，有兩件事使我暫時不能答應下來。第一件是現在的處境；第二件，我暫時不能說出來。可是也決不會耽擱太久了，兩三個月就可以決定了。

　　駱威斯進了監獄以後，傷勢越來越惡化，人也消瘦多了。請求赦免的事也沒有了希望。在開庭審訊前，賈格斯以駱威斯的病情惡化為由，要求推遲審訊，他的意思是想拖延時間，好讓他能幫我爭取到駱威斯的一點財產。可是很快就被駁回，因為法官說駱威斯是個罪無可赦的兇犯。

　　於是，不久就開庭了。駱威斯被帶到法庭，坐在椅子上。我設法坐到被告席旁邊，握着他伸給我的手，這在當時是允許的。

　　審判這個案件是簡單的，因為駱威斯犯的罪都

是證據確鑿的，法官宣布處以死刑。我的心情沉重極了，在退庭時，把駱威斯扶了出去。

駱威斯回到監獄後，身體一天不如一天。我天天都去看他，他躺在牀上，兩眼無神地望着天花板，只有聽到我的聲音時，眼睛才會微微一亮。他連説話的力氣也沒有了，當聽到會意的地方時，便輕輕的按一下我的手。

到了第十天，他的身體突然發生了很大的變化，一看見我，他的眼睛亮起來了，居然能夠説出話來。他説：「孩子，我以為你趕不上了，不過，我知道你不會來晚的。」

我説：「沒有來晚，我一分鐘也不會浪費的。」「好孩子，自從烏雲籠罩在我頭頂之後，你照顧我比紅日高照的時候還要盡心，這真是我最大的安慰啊！」

他的呼吸急促起來。

「你痛得利害嗎？」我問。

「我不痛，孩子。」

「你是從來不叫痛的。」

他輕輕笑了笑，用手碰碰我，我懂得這是叫我把手放到他胸口上的意思。我照着做了，他又把自己的雙手蓋在我的手上。

我看着駱威斯那雙平靜的眼睛，說：「親愛的，有件事我非告訴你不可了，你聽得見我的話嗎？」他按了按我的手。

「你本來有個心愛的女兒，你一直以為她已經死了吧？」這一回他的手按得重了些。

「她還活在人世，現在成了貴婦人，非常美麗，我非常愛她！」

他用了最後的力氣，把我的手放到嘴唇邊親吻，然後鬆了手，讓我的手又放到他的胸口上，他仍舊把雙手蓋在上面，目光漸漸黯淡了。他就這樣安靜地逝去了。

第二十章

走向新的生活

現在，我又是子然一身了。而且，天天都收到債主們的信，有的還說要訴諸法律。可是，我什麼都顧不上了，因為多天以來，無窮的擔憂和難以治好的心靈的創傷，使我不僅筋疲力歇，而且徹底病倒了，病得不知人事。

我迷迷糊糊中總覺得有一個人在身邊。我躺着的時候，他親切地望着我；我吃藥的時候，他餵我；我吃完藥要躺下來的時候，他扶着我。

這個人的樣子好像是喬。

終於有一天，我大膽問道：「當真是喬嗎？」耳邊就是那親切的聲音：「是啊，老朋友。」

「喬啊，你打我罵我吧！我對你太忘恩負義了，我的心都要碎了，別對我這麼好啊！」

喬一看見我認出他，高興得不得了：抱着我，親着我，反覆說着：「小浦老朋友，小浦老朋友。」

他走到窗前，背着我抹眼淚，然後又回到牀前，我們緊緊地拉住手，大家都覺得幸福極了。

原來我已經病了一個多月了，喬也陪了一個多月。

我聽喬慢慢的把家鄉的事告訴我，郝薇香小姐在我生病的一個星期後去世，她的遺產給了艾絲黛娜，還有四千鎊留給了樸凱特。

我問他畢蒂可好，他説她還是和以前一樣。他説一知道我病了，畢蒂就叫他馬上來。現在，他要寫信給畢蒂，告訴她我已經清醒過來了。

我的身體一天天好起來了，在這當中喬對我體貼備至。可是，他對我也是一天比一天客氣起來。我想，這只能怪自己，不正是我這個人，在患難一過之後，就會對他冷淡起來嗎？ 我遲遲不敢把我現在已山窮水盡的困境告訴喬，我怕他知道後就要掏出他僅有的微薄的積蓄去替我還債。我怎能連累他呢！

在一個星期天裏，我和他坐馬車回到了我在倫敦的家，我説：「喬，我真感謝老天叫我生了這場病，這一段日子對我是很值得紀念的。過去，我有時

的確是忘記了往事，可是今後決不會把這段日子忘記了。」

我的道歉反而使他慌亂不安起來。他説：「小浦，這段日子我的確是很開心的。不過，親愛的先生，過去的事情都過去啦，你就別放在心上吧。」

他大力拍着我的肩膀，説了一聲：「晚安」，聲音裏有點沙啞。

第二天一早，我來到喬的卧室，他不在，行李也不見了。只有桌子上留着一張紙條，上面寫着幾句簡單的告別話。在紙條下面還壓着一張替我還債付賬的收據。 這是我做夢也沒有想到的。親愛的喬，他為我付出的太多了！

他走了，我原來的兩件心事卻未能了結。看來只有回到故鄉，首先，是到打鐵舖去，向喬傾訴我的悔罪心情；第二件，就是要去看看畢蒂。

見到畢蒂時，我一定向她懺悔，同時還希望她記得從前我有什麼痛苦都向她訴説，如今也希望她仍把我當作是一個小孩子那樣，疼愛和指點我。我相信她從前一定愛過我的，只希望她今後也愛我。今後我的

幸福就完全由她決定，是要跟喬在打鐵舖裏一起幹活呢？還是遠走他鄉、另謀出路？我需要她伸出愛撫之手，伴我過一輩子，那麼我就會非常幸福的。

我休息了三天，誠心誠意的禱告。然後，就回故鄉去實現我的心願了。

我潦倒的消息早已傳遍鄉里。所以，我一進到鎮子，人們對我的態度來了個一百八十度的大轉彎。藍野豬飯店不再讓我住最好的房間，而把最骯髒的房間給我住。潘波趣還到飯店來，教訓了我一頓。世態的炎涼使我越發覺得，喬和畢蒂對我的感情是多麼真摯可貴！

我順路先去看看郝薇香小姐的宅院。那裏早已是人去樓空，每樣東西都貼上了拍賣的標籤，但卻不見一個人影。

我慢慢地向打鐵舖走去，穿過了葡萄樹的綠蔭，我的心在怦然跳動，恍惚聽到了鐵錘那有節奏的聲音，那是多麼令人神往啊！

到了打鐵舖門口，我發現火爐沒有點着，風箱

也沒有響。可是家裏的客廳卻布置一新，窗台上還放著艷麗的鮮花。再往裏一看，喬和畢蒂正手挽手的站著！

畢蒂首先發現了我，她大嚷了一聲，彷彿我是鬼魂出現似的，然後撲到我的懷裏痛哭起來。

哭了一陣後，畢蒂忽然歡天喜地的叫起來：「今天是我嫁給喬的好日子呀！真好，小浦，你趕上了！」

唉，我的最後一個希望也破滅了！

不過，我絕不埋怨。而且，我倒慶幸還未把心事向喬吐露。我在病中曾多次想告訴他，只差點就要說出去了，若那樣的話，後果將不堪設想啊！

我由衷地祝福他們，我祝賀畢蒂得到了一個舉世難尋的好丈夫，也祝賀喬得到了一個舉世無雙的好妻子。

喬的嘴唇哆嗦看，悄悄的拿衣袖擦眼淚。

我說：「親愛的喬，我希望你以後多生幾個兒子，好好養大他們。到了冬天，就有一個小子坐在火爐旁，那你就會想到另外一個小子曾經坐過那裏。可

是，你可別告訴他，我是個忘恩負義的人，畢蒂，你也別説啊！只是告訴他我是多麼的尊敬你們，因為你們是善良的、真誠的人，他們是你們的孩子，也一定會和你們一樣高尚。」

喬還是用衣袖掩着臉，説：「別説了，我們誰都不會這樣説的。」畢蒂也説着同樣的話。

我不久就到了赫伯特的那個公司去當辦事員。赫伯特和克拉娜結了婚，我和他們住在一起，日子過得很好。赫伯特兢兢業業，工作踏實，使公司的業務發展得不錯。後來我也入了股，赫伯特是公司的第二把手，而我就成了第三把手。我不明白從前為什麼覺得赫伯特才幹不足，現在才恍然大悟，才幹不足的不是他而是我。

當然，我一且都保持跟喬和畢蒂通信，從來沒有間斷過。光陰似箭，我離開喬和畢蒂已經十一年了。在十二月的一個晚上，我遠道歸來，悄悄地去到老家的廚房裏。我看見頭髮開始花白而身體還是那麼健壯的喬，在老地方抽着他的煙斗，而在火爐旁，在我原來坐的小凳上，真的坐着一個小孩子，儼然就是第二

個我。

我悄悄的拿了一張凳子，坐到了那孩子旁邊。喬看到我了，高興地告訴我：「親愛的老朋友，這孩子就叫小浦。」

我對畢蒂說：「你把這孩子過繼給我吧！」

畢蒂溫柔地說：「不行，不行！你也應該結婚啊！」

我說：「赫伯特和克拉娜也這樣勸我，可是我已習慣了獨身，不打算結婚了。」

畢蒂又是溫柔地說：「對老朋友要說真話呀，你真的把她忘記了嗎？」

「親愛的畢蒂，凡是在我心中有一定位置的，我都不會忘記的。可是，那不過是一場夢罷了，現在早已煙消雲散了！」我雖然嘴上是這麼說，可心裏實在是放不下的。我早聽說過，艾絲黛娜受盡了朱穆爾的虐待，已和他分居了。後來，朱穆爾因為使勁鞭打坐騎，致使馬受驚狂奔，他墮馬死了。這已是兩年前的事。我想，艾絲黛娜多半已改嫁了。

第二天，我緩步走到郝薇香小姐的宅院，打算去

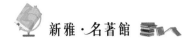

憑弔一番。

這時，夜色已降臨，但天上星星閃爍，照亮着大地上的景物與人影。這座宅院已是斷壁殘牆。不過，在這花園裏，即使沒有了路和房屋，我仍然很熟悉這裏的一切。

我到處走走，跟着那荒蕪的小徑望去，忽然看到了有一個孤零零的人影！

我一直向這個人影走去。這個人本來是要離開的，當聽到腳步聲就回過頭來。我們的目光相遇了，都大吃一驚，頓時不約而同地叫了起來：「小浦？」

「艾絲黛娜！」

「唉！我完全變了，沒想到你還認得我！」

艾絲黛娜溫柔地説。她的青春和美麗的確是一去不復返了。但是，卻有另一番風采，她眼睛裏透出以前我從未見過的淒涼而溫和的光彩。她握在我手掌中的手，以前是那麼的冷冰冰，而現在卻是那麼溫暖，那也是我從未領略過的。

我們坐了下來。我説：「真想不到我們又在第一次見面的地方重逢啊！」

　　初升的月亮把光華射透了白色的霧靄，也照着她流下的淚珠。

　　她説：「這塊地皮是郝薇香小姐留給我的。現在，我什麼財產都沒有了，可我還是要保存它。你還在國外嗎？」

　　「是的。」

　　「過得不錯吧？」

　　「馬馬虎虎，還算可以。」

　　她説：「我常常想起你呢！當時我不會珍惜，現在才知道是無價之寶。我會永遠把那些難忘的往事放在心上的。」

　　我説：「我心裏也永遠有你一席之地。」艾絲黛娜很誠懇的説：「痛苦的教訓比什麼都深刻。上次分手時你不是對我説過『願上帝保佑你，願上帝寬恕你』嗎？希望你能夠像從前那樣體諒我，讓我們言歸於好吧！」

　　我點着頭，説：「願我們言歸於好。」

　　她説：「即使分手，我們的友情也永遠不變！」

　　我握住了她的手，一起走出了廢墟。

1. 如果你是小浦，你會幫助那個在墓地中的男人嗎？為什麼？

2. 小浦的姐夫喬是個怎樣的人，你喜歡他嗎？為什麼？

3. 為什麼小浦那麼想做「上等人」？說說你的看法。

4. 這麼多年，為什麼駱威斯會一直無條件去幫助小浦呢？

5. 你認為書中哪個人物的遭遇最為悲慘？為什麼？

6. 如果故事的情節由你來改寫，你最想改變哪一個情節或哪一個人的遭遇，說說你的構思。

本書作者狄更斯被人稱譽為偉大的英國現實主義作家。「現實主義」是指以客觀事實為基礎，摒棄戲劇化的情節，着重關注社會中下層階級，展現平常百姓普通的生活。

除了狄更斯，中國也有不少著名的現實主義作家，他們的作品也深受讀者的喜愛。以下就是其中兩位：

魯迅（1881年－1936年），原名周樹人。魯迅的小說並沒有離奇曲折的劇情，都是描寫一些底層百姓的生活，反映人民思想的愚昧和生活的艱辛。他用深刻而幽默的筆觸描寫人物的面貌言語、心理和行動，並善於描寫環境、場面及渲染氣氛。代表作有《阿Q正傳》、《祝福》和《孔乙己》等。

老舍（1899年－1966年），原名舒慶春。老舍一直在北京生活，因此擅長描寫北京市民，特別是下層貧民的生活，具有濃郁的市井風味。老舍能抓住人物的特徵，勾劃出人物的面貌神態，他又擅長心理描寫，借景物來表現人物的具體感受。作品有《貓城記》、《駱駝祥子》和《四世同堂》等。

查理‧狄更斯

(Charles Dickens) (1812～1870)

　　英國小說家查理‧狄更斯1812年出生於英格蘭南部的樸次茅斯，兩歲跟隨家庭定居於倫敦。父親是一位入息低微的公務員，後來更因欠債被關進監獄，狄更斯12歲那年，便要到工廠當童工，幫補家計，因此沒有讀過多少書，所得的學問全靠自修而來。

　　他的父親愛看書，年輕的狄更斯就把其中的小說看了一遍又一遍，不知不覺地學會了寫小說的技巧。15歲時，狄更斯到一家律師行當記錄員，這使他常有機會練習運用文字，剪裁文章。19歲他開始了記者生涯，他用「蒲茲」這個筆名，在晨報發表了反映倫敦生活的雜文，開始受人注意。

　　後來，他為連環畫《匹克威克先生》撰寫圖畫說明，哪知道他的文字比圖畫更受歡迎，自此名氣大增，那時他才24歲。自此他寫作不斷，至1870年58歲突然去世為止，共寫了15部家傳戶曉，激動人心的名著：《塊肉餘生》、《聖誕述異》、《苦海孤雛》和《雙城記》等。由於他少年時生活艱苦，深入下層社會，對貧苦的人有很深的感情，而且觀察力強，又有幽默感，因此成為世界上享譽盛名的現實主義小說作家。

新雅・名著館

苦海孤雛

原　　著：查理・狄更斯〔英〕
撮　　寫：周樂
封面繪圖：Chiki Wong
內文繪圖：陳巧媚
策　　劃：甄艷慈
責任編輯：黃婉冰
美術設計：何宙樺
出　　版：新雅文化事業有限公司
　　　　　香港英皇道 499 號北角工業大廈 18 樓
　　　　　電話：(852) 2138 7998
　　　　　傳真：(852) 2597 4003
　　　　　網址：http://www.sunya.com.hk
　　　　　電郵：marketing@sunya.com.hk
發　　行：香港聯合書刊物流有限公司
　　　　　香港新界大埔汀麗路 36 號中華商務印刷大廈 3 字樓
　　　　　電話：(852) 2150 2100
　　　　　傳真：(852) 2407 3062
　　　　　電郵：info@suplogistics.com.hk
印　　刷：中華商務彩色印刷有限公司
　　　　　香港新界大埔汀麗路 36 號
版　　次：二〇一六年七月二版
　　　　　10 9 8 7 6 5 4 3 2 1

ISBN: 978-962-08-6612-8
© 1998, 2016 Sun Ya Publications (HK) Ltd.
18/F, North Point Industrial Building, 499 King's Road, Hong Kong
Published and printed in Hong Kong